著

退症

四川文艺出版社

图书在版编目（CIP）数据

倒退症 / 杨斐著. — 成都：四川文艺出版社, 2020.7
（2021.9重印）
ISBN 978-7-5411-4945-0

Ⅰ.①倒… Ⅱ.①杨… Ⅲ.①短篇小说—小说集—
中国—当代 Ⅳ.①I247.7

中国版本图书馆CIP数据核字（2020）第084983号

DAO TUI ZHENG

倒 退 症

杨 斐 著

出 品 人　张庆宁
责任编辑　程　川　苟婉莹
封面设计　叶　茂
内文设计　史小燕
责任校对　段　敏

出版发行　四川文艺出版社（成都市槐树街2号）
网　　址　www.scwys.com
电　　话　028-86259287（发行部）　028-86259303（编辑部）
传　　真　028-86259306

邮购地址　成都市槐树街2号四川文艺出版社邮购部　610031
排　　版　四川最近文化传播有限公司
印　　刷　三河市嵩川印刷有限公司
成品尺寸　142mm×210mm　　　开　本　32开
印　　张　6　　　　　　　　　　字　数　150千
版　　次　2020年7月第一版　　　印　次　2021年9月第二次印刷
书　　号　ISBN 978-7-5411-4945-0
定　　价　38.00元

从成都出发的文学新力量

熊 焱

成都历史悠久，人文荟萃，三千年城址未迁，两千年城名未变，成都以其源远流长的文学传统、得天独厚的文学环境、蔚为大观的文学气象，缔造了恢宏、不朽的文学丰碑。司马相如、扬雄、杨升庵、巴金、李劼人等文坛大家在此出生，李白、杜甫、苏东坡、陆游、陈子昂、李商隐等诗歌巨擘，或在此为官，或在此客居，或在此游历，均为成都留下了家喻户晓、彪炳史册的名篇佳作。尤其是诗歌，已成为这座城市独有的、鲜明的文化符号和精神象征。"自古诗人例到蜀"，成都以其雄浑壮阔的文化底蕴、优雅闲适的生活品位、独树一帜的城市气质，成为文人们争相朝拜的文化圣地，孕育了"创新、创造、优雅、时尚、乐观、包容、友善、公益"的天府文化。

为传承成都悠久的文学之光，弘扬博大精深的天府文化，整合省市文学资源，凝聚成都文学力量，培养成都文学新秀，扶持和推进成都青年作家的快速成长，成都市作家协会联合四川文艺出版社推出"成都作家·新力量"书系，努力将其打造成一套有品质、有格调、有责任的文学精品。每年遴选三到五位有潜质、有冲劲、有良好创作前景的成都文学新人，为他们出版个人专著，面向全国发行。这里的文学新人，不仅仅只是年龄上的新，还是创作手法、文学理念的鲜活、前卫、开放。本辑推出的三个文学新人分别是青年小说家小乙、杨斐，以及青年诗人朱光明。小乙以扎实的叙述、细腻的笔触，描写了成都这片土地上的打工者、都市白领、小镇平民、商人等小人物的人生冷暖和悲欢离合，揭示了纷繁世相中普通民众的生活现场和精神世界。杨斐的小说没有追随鸡毛蒜皮的日常生活的创作大流，而是以诡异的想象、魔幻的意象、斑斓的片段构建另一个真实的，而又远离于庸常的现实困境的世界，去展示一系列幽微、曲折的精神图景。朱光明从小在乡村长大，年少时叛逆的他却有着一种极具"正统"的诗歌抒情，他以温暖的笔调、澄明的吟唱，去回首岁月，打量现实，俯身自然，从中探询人与世界、生命与自然的多重联系。在这个浮躁而快速的时代里，朱光明诗歌中宛如明月清风一般的抒情秉性，恰恰是一种难能可贵的诗歌品质。

文学青年是文坛的后备力量和生力军，他们以更加开放、先锋、新锐的文风，为文坛带来新鲜的气息和活力，形成新的文学形态、题材类型和创作理念。毋庸置疑，当下生机勃勃的文学青年必将成为文坛未来的中坚力量。其中脱颖而出的佼佼者，甚至有可能成为卓越不凡的文学大师。

近年来，成都的青年文学队伍不断壮大，比如颜歌、七堇年、余幼幼、程川、罗铖、吴小虫、王棘、杨斐、朱光明、贾煜、唐一惟、潘玉渠、宁航一、简松、佐桥、龙小羊、谢云霓、刘采采等一大批80、90后青年作家、诗人快速成长，风格各异，佳作频出，为成都文学的锦绣大观增添着熠熠光华。我期望着，更多的成都的年轻作家们能够勤耕耘，多奋斗，深入生活，扎根人民，创作出更多无愧于时代的优秀作品。

目录

我因

羞怯

而杀人

我能想象外面已经炸锅了。事情发生得太突然，我自己都没料想到。大概人在午后容易犯罪，尤其是那种灿烂的秋日光明下。

　　有一个装模作样的记者进来说要采访我，他一脸痛惜和严肃，意思是要我讲清楚为什么我要平白无故杀了我的父亲。

　　虽然对他的相貌和语气都厌恶至极，但我也只是低头不说话。这大概让他有所误会，让他以为我满是悔恨和痛苦，所以他才充满着莫名其妙的底气，一个劲地用话怼我。他甚至还故意找好了镜头，让画面里充满了弑父少女的落寞和悔恨，声音内容则是他代表社会对我的种种拷问。

　　为了让这个记者在他的职业生涯中绊一跤，也为了让外面的人不再自信满满地胡说八道，我决定以书面的形式讲一些可说的事情。我只有一点要求——不要自以为是地把这封书面内容当作"供述"。

　　众人热议的无非是一点：当天下午我和我爸到底发生了什么。我妈至今都在反复问我这个问题，她趴在我身上咒我骂我，声嘶力竭，恨不得把我撕碎，同时，她又时不时向我确认——我爸真的是我推下楼的吗？

　　我自己都记不太清了，或许真的像我妈说的那样，我爸是自己不小心掉下去的，我不可能杀害我爸，我大概是被吓蒙了才精神恍惚地说人是我推下去的……说不定是这样……

午后的时间漫长无望，谁说得清发生了什么。

我不久前参加了一个面试，面试官问我：你人生中遇到过什么坎坷。你又是怎么应对解决的。我面露难色，表示不知道如何回答这个问题，她追问，那难过的时候呢？

我怎么告诉她人真正的难过都是无端的呢？我没法告诉她我在阳光灿烂的午后突然就感受到了难过。当天吃过午饭，我妈照常出门去打牌了，我和我爸留在家里。我妈放假的时候每天下午都以打牌消磨时间，这并不意味她是个麻木的懒妇，事实上，她勤劳善良，对我温柔。每天上午她都认真快乐地煮饭、打扫，我们家是离不开我妈的。

我吃得很饱，仰躺在窗边的沙发床上休息。电视还没关，播放着尚未结束的午间法制节目。我妈出门前说不用急着关电视，听着电视声音反倒容易睡着。我爸这时已经坐在角落的电脑桌前了，他背对着我，弓着身体。

秋天容易下雨，也容易阳光灿烂，就是那种不烫不烧的光，晃得满眼都是，让人无所适从。

我朋友约了我下午出去玩儿，但是她并没有说明确的时间，也没有再联系我，这种事总是让我不免心烦。我是那么一个人，一旦跟人约了出门，在那之前的所有时间就全算是废的。等待出门的漫长时间就好比在等死，尤其在这不乏温馨恬静的午后阳光中，我感觉一切都没有必要进行。

越是在这种时候，我爸越是能显现自己的讨厌。他本身是个万事不操心的人，但是某方面深沉的性格让他有着与自己的作为极其不相称的焦虑和心急。他问我跟人家约的几点，什么时候出门。这不是他的问候，而是他的催促。我读初高中的时候，每次出门赶校车他都要催，在那之前的一切准备事项他都漠不关心，一旦说到出门，他就像疾病发作一样开始慌忙催促。他引导出一种气氛：全世界都在等我。而如果全世界都在等我，那就是十分可耻十分令人心慌的事。

以前我妈常说我爸神经质，我只把那当作吵架时的气话，现在想想那不无道理，我妈显然比我更早地、更长久地体会过这一切。

遥想小时候，我对我爸是又怕又厌的。当时我小，我爸也年轻，"怯懦"在我的脑子里还没有概念，所以我只体会得到我爸的凶狠。与我妈的温柔和耐心相比，我爸是个极其暴躁的人，在他身上没有一点小孩子能体会得到的温存。我小时候瘦小得很，吃饭很成问题。一旦我妈让我爸洗碗，他就用手紧抠着碗底咬牙切齿地看着我，嘴里挤出咒骂的话，好像这一切都怪我。我不愿回想那时我有多紧张多可怜，我爸一性急起来简直像是发狂的神经病，他看起来不受控制，不论是他的眼神、牙齿、腮帮还是手……他会颤抖着捏起拳头，用中指骨关节最生硬凸出的部分磕我头顶，他边敲边咬着牙说恨不得在我脑袋上打个洞把饭灌进去。

大一点儿我爸就不打我了，这跟时间有关。同时，在时间的推进里，我爸显然因他的暴躁吃过亏，我也因为懂事了而对他的脾气有了新的认识——与其说他是暴躁，不如说他是羞怯。

心急和暴躁是我爸所控制不了的自我部分，而面对世人，他是个极其怯懦无辜的人。在长年的现实生活中，我爸几乎没有形成一套成年人应该具备的生存能力。我敢断言，如果不是有我妈，我爸的人生会落得比现在悲惨一万倍。

现实生活的一应大小事件他都无心也无力过问。几乎一切事情都是我妈在料理，这并不完全是因为我妈的自立和强势，而实在是对于现实生活中的事情，我爸一点办法都没有。

不论是我爸我妈还是我自己，我们的生活回望起来都是平顺的，轻易不足道。我们的生活缺乏具体事件，却饱含了不可说的艰难体验和孤独，长久下来我才摸索出了这些联系：基因其实是十分有热度的东西，它贯穿的不仅是血液、身体，还有漫长、隐秘的相同命运。

我妈是个有条不紊不乏冷漠的人，但她内心多少是诚挚的；我爸生性羞怯，肢体和语言都跟不上他内心深处的热情。他们的不同天性却指向了同一个结果："交流"和"参与"成了人生中很没有必要的事。他们用悄无声息的理智和惰性在顺应命运，活着只是一种根据，平顺正常才是他们的全部追求。

我从小到大都没见他们跟谁有过多么密切的关系，饱含各种情谊的人伦关系在他们身上无迹可寻。

我初中同桌的生活完满得简直没有漏洞，人们所说的幸福人生的各种内容和品质她都坐拥。她嘴里常说着那些与三姑六婆的亲密联系，就好像她们整个家族上上下下时常都聚在一间大而温馨的亮屋子里沟通情谊。我从来没有过那种体验，没有走亲访友，也没有饭局上的热络。我知道那些是没有必要的事情，可是一想到人世间本无一事，我就反过来为我们三个的处境感到伤心。

小时候我常被同龄人孤立，当我绝望地回到家向我妈哭诉时，她总是极其温柔地抚慰我，她说没人陪我玩儿她可以陪我，这就是她看待和处理问题的方式。长此以往，我形成了这样的终极思维模式：在这个世界上，独自一人是最真实的事，除了接受、消化，此外别无他法。

在我的人生里，真正的难过时刻几乎全部包含在反复、漫长的自我消化之中，我不知道那个面试官为什么不明白这个道理。"人生挫折"和"解决办法"真的有那么多具体可说的吗？她拥有一张年轻白皙的天使面孔，却不能捕捉到那些简单的事实。她不知道在我心里，不论是那场面试还是人生里的吃饭、睡觉、工作、爱情等种种问题，那一系列琐碎日常或者说重大事件都并不能让我为之振奋。我知道它们富有意义，但是在一个念想之间，它们可以全都是没有必要的事。

我把我爸推下楼的那个时刻，大概就是类似的念想刺激了我一下。我跟随我爸去楼顶看他们自己种的菜和花，三四点钟的阳光明晃晃的，我觉得我爸的命运和午后的气息一样恬静深远得可爱，但这又只限于这沉静无人的广袤时刻，只限于我的感受。

只要想一想我爸独自面对人世艰难的场面，就叫人绝望又痛心。当时我应该还在上初中或者高中，暑假的早上我爸陪我去森林公园晨跑。山腰拐弯处有几家密集的棋牌茶园，边缘的空地上随便地置了个小孩子的游乐区——水泥地上简单地摆了一些蹦床、旋转椅、梅花桩、木索桥、秋千……在前几年它们还派得上用场，可是后来就算是荒废了，鲜艳的木头都掉了漆，铁质部分也都生了锈，几乎没人再去里面玩儿了。我也是心血来潮就进去了，我爸说得要钱吧。矮栅栏门上挂了个垮掉的牌子：每人五元。放眼望去没人，我说这算废的，早不收钱了。我爸无奈地跟着我进去了，但他始终怯怯的。他不是怕交钱，而是怕在这种无人知晓的情况下引起误会和麻烦，他怕被冤枉被骂，他怕人。

那些烂玩具是很好玩的，山上空气好，周围没什么人，整个废掉的小游乐场只有我们，氛围助长了我的快乐，我越玩越起劲。我爸也不好干等，所以也有的没的玩了起来。

差不多过了二十多分钟，一个老头儿没声没息地从园子的拐角处走了上来，他向我们靠近，面无表情、沉着冷静，仿佛确实抓到了我们的什么证据。我静观我爸的态度，他一时之间基本没了主意，好像自己犯了可耻的滔天大罪。我知道我爸这样的表现是完全可笑和没必要的，但我又从心底深处感同身受。这也就是他用基因传递给我的东西。

老头儿开口第一句就是"一人五元"，直截了当，毫不客气，他沉着地等待着久违的收入。我爸知道自己在害怕，也同时知道这害怕是可耻的。同是男人，他不应该在对方面前暴露天生的无能和羞怯，于是他明显地做了个挺起胸脯的动作："你……这个……一开始又没……也没说要收钱……开始没说啊……没说清楚。"一旦遇到事情，他的语言和肢体就跟不上他的想法，他的想法也是乱的。

他大概从一开始、从出生起就没搞懂过一个社会人的基本形状，他几乎还是个孩子。

老头儿见我爸如此不堪一击就更加无所顾忌了，他一定从我爸身上得到了一生少有的欺压别人的感觉。他不急不慢地抬手指了指那块垮掉的牌子："写着呢，每人五元。"

我爸说之前那句话的时候，大概就已经耗光了与人对峙的能力，所以最后，他只能拼尽自尊奋力一喊："你凶什么凶，我又没说不给你！"他边说边神经质地往前迈了两步，意思是他拥有男子气概和魄力，然后他嘟囔着从兜里摸出十块钱。老头儿收了钱慢悠悠地往回走了，我爸的回击对他的心绪没有造成一点动摇；而我俩却都有点劫后余生和尴尬委屈的意思，只能自己不声不响地离开。

我爸说他的结巴是小时候淘气学来的，他模仿村子里的一个结巴说话，学着学着就改不回来了。我想他找错了原因，他不知道一切都是他的生性在作祟。平常在我和我妈面前他还不至于结巴，一旦自己身处在外或者遇上不熟的人，他就会不由自主地结巴。

我不结巴，不过我话也不多，尤其是前两天收监后我就几乎不说话了，我的命运已经到头了，说什么都没有意思了。我妈说她怎么也想不通我为什么要把我爸推下楼，平静生活毫无端倪。

我承认我以前控制得很好，我们都控制得很好。我把我爸推下楼的事我绝对没有预谋过，我觉得还是要怪午后楼顶的光线，那种光线和氛围让我觉得一切都很轻盈，气息蒸腾而万籁俱静，我们所有的具体行为对整个世界的运行不会产生一丁点儿影响。

如果我当时没有把我爸推下楼，那么他会在楼顶摆弄一会儿花草，我会闲看着他摆弄一会儿花草。然后我们会锁好楼顶的门再一起下楼走回屋子。我可能会由于午后的昏沉而在沙发上躺着睡一会儿，我爸会坐在电脑桌前浏览浏览新闻，点开一些图片，再打开斗地主游戏界面玩一下午……这些事情都不值得计较，只是有些时候难免让人觉得可怜，这种可怜会随着午后的光线游移在我和我爸之间，因为我正躺在沙发上感受着百无聊赖、万事皆休。基因在贯穿我们的处境，看似不同的父女两辈其实有着相同的悲哀命运。

人世间的热闹和不热闹都宽广无比，你只要任居其一就能在时间的流逝里功成身退，不至于茫然无措。我和我爸，包括我妈，却都没有参与其中任何一项，这就是我们漫长命运的不可说之处。

那天在楼顶有这样一件事我记起来了，我爸当时接了个电话。对方说出了一些我爸我妈的基本信息，然后开始推销产品什么的。那种个人基本信息的泄漏是很正常的，但是我爸战战兢兢地挂了电话后就开始了各种无端的担忧和怀疑，他又开始言语混乱，跟我说会不会有更严重的事发生。陌生人的电话让他惊慌，个人信息与他的分离使他紧张……这些无端的忧虑总会和他的天性混在一起，莫名其妙地绊住他的生活。而我既对身处困境的他感到可恨和悲哀，又无时不在其中。我也可能就是在这个时候产生了推他一把的简单想法，就好像以此可以帮助他脱离那些难以自解的绝境。

我爸在热闹的火锅桌上总是妄图引起个话头：人所周知的、人所不知的，国家利益的、隐秘情感的，值得赞叹的、遭人唾弃的……他总是临时搜肠刮肚想要说出些与人为乐的东西，好像自己深入世界、深入生活地参与了很多。然而每次的效果都不尽如人意，事实上，在他急切表达的时候，他嘟嘟囔囔的混乱低语看起来几乎是神经质般的自言自语。这些我只能看在眼里，因为没有一个人能帮助他。

与此不同的是我爸在家里面跟我外婆相处的情况。当家里只有我们和我外婆的时候，我爸几乎能享受到侃侃而谈的感觉。面对一个没读过几年书的老太婆，我爸能坦然地用各种他所知道的术语、流行语和新闻去指教我外婆或者对她冷嘲热讽。他只能在这种时候充满不知所谓的底气，他的自信让人替他感到难过和羞耻。

他只能在跟我妈和我相处的时候稍微平静一点，只能在没有人事秩序的场景里才能显现自己本性中的可爱。在我好小好小的时候，我们住在乡镇的那栋教师筒子楼里，楼的背后是一片山。西南地区的冬天几乎是没有雪的，那年我见识了我人生中的第一场雪。早上的时候清冷的空气让南方人的身心激灵了，我爸高兴得什么似的催着我跟他往后山去。我妈嘱咐不能走远了，看几分钟就回家吃饭，可我们一走就是大半天。

雪铺得满山都是，我渐渐地听不见我妈叫我们吃饭的声音了。我爸一往无前，带着我深入雪地。我们在山里迷了路，其间还在一处极高的地方俯瞰到了极远极远的二级公路，那些公路本来在我所知道的另一个方向，但是在迷失的雪山里，它们好像延伸出了另一种空间维度。最后，我们莫名其妙地走到了乡镇的街道上——从偏僻清寂的后山突然走到了热闹熟悉的生活场景——这是我第一次对现实空间的坦然和隐秘有了可见的认识。当我们筋疲力尽地回到山前的筒子楼的时候，我爸被我妈劈头盖脸地骂了一通，当时已是傍晚时分。虽然被我妈狠骂了，我爸依旧满脸堆笑地表示快乐，他说除了我和他，再没有别的人体会过这场山雪的奇妙。在他之后的人生中，他也曾多次提起那令他振奋的自然景象和人生快乐。

记梦
学会

一

　　H成了最负盛名的小说家，行内冠之以"中国博尔赫斯"的称号。这称号听上去有点那个，但其实也有些道理。

　　H火起来是最近的事，以前的许多年，他写的都是些散碎的东西，文体不明，可读性也有，但是不成系统，几乎不能被人看上。所以，他只能凭借自己的忧虑、沉稳以及少有的篇章机会，勉强浮摆在这个圈子的最边缘、最底层，无人问津。

　　但是这一年，年近五十的H突然写出了众多精悍绝妙的短篇。可能也是刚好遇到文坛风气有变，不知怎么的，这些短篇从无数长篇巨幅的人伦情仇中脱颖而出，成为文坛和读者心中的绝作。

　　好多人都说，H以前平庸无为，在五十岁时却幸运地受了天启，凭借灵通写出了这么些了不起的小说。业界的各种讨论会和评奖项目都将H的小说与各种经典的短篇小说和故事做比较分析，一个不招人爱但具有公信力的评论家做出了这样的描述："中国现当代文学终于不再只是那一个死样子了，可以说，H的短篇包含了全人类的高级情感和智慧，伴着无声而沁人心脾的宇宙之风。"

二

H火起来之前，给他出稿最多的大概就是我们杂志社了。现在他功成名就，对我们杂志社似乎饱含着苦难时的情谊。所以，在众多媒体邀约的深度采访中，H只选择了我们这家不中不间的杂志社。

当我接到采访H的任务后，首先做的就是去找H最近的短篇小说来看。

它的魅力是显然的，脱离了我们知道的那些小说的内容。每一篇都包含了精彩的故事和感觉，但反而又让人觉不出任何具体实在的人物形象和事实参考。在这样的情况下，你却不会对它感到厌倦或怀疑，而是全身心地投入，探索其中的意蕴和可能。

领导向我强调了这个采访的重大意义，告诉我机会珍贵一定要好好把握。为此，我在阅读了尽可能多的H的短篇作品后，悉心准备了七八个大问题和一系列应对提纲，同时，我还私下问了几个编过H稿子的同事，有人说他为人和善谦逊，有人说他难免几分怪异。

在第一次的正式采访中，H表现得更偏向"和善谦逊"。但同时他对采访的配合度也不高，说得不多，内容也不算精彩，这样的话，我是很难交出好稿子的。好在他对我的一个说法显示出了兴趣，并且因此愿意接受我对他之后的系列访问。

我当时说的大概是："你的小说好像尤其专注于脱离现实的虚构，不是事实，也不是科幻，是一些好像不存在的可能物，而你总能用你的表达让这些虚构显得确有其事……或许真有什么看似不存在却又真实可靠的东西，你想让我们察觉？"

三

D最近有了些变化。他不高明，但从来不受外界种种影响、支配。我们的婚姻生活也基本如我所想，简单快乐，没有水深火热，没有吵闹。说到底，D其实就是个孩子，并且他是个对世界不好奇也不感兴趣的孩子。

可最近他显得不太一样了，心里显然有了些什么事，他不跟我说，我也不问。我不会觉得这些变化与出轨这一类的事情有关，D是个很坦然的人，即便做出了那样的事，他也不会恶意瞒着我。同时，我对D是有信心的，倒不是说他有着多么高尚坚定的品格，只是我差不多知道，他对人的爱和他的性格一样：简单诚挚，轻易不动摇。

虽然如此，面对D的变化，我还是有烦忧。D心里的事儿本来就不多，大部分他也都讲给我听，用最平铺直叙的描述，直达人心，不引起其他牵绊误会，这让我觉得我们有着最稳固、最亲密的依赖关系。可是最近的D时常显得忧心忡忡、复杂恍惚，还什么都不愿意说。这让我感觉到隐隐的不安和难过，可我也不知道如何是好，因为我还把握得住一点：他还是像以前一样爱我的。

四

我渐渐发现一件具体的事情，D最近时常在夜里起身，用笔在纸上记下些东西，然后再继续睡觉。不出意外的话，他是在记录梦境。

那些纸张就摆在桌上，他不避着，我就拿起来看两眼。上面是散乱的词汇，基本没有关联和逻辑，这就更证实了我的猜想，D是在记录他做的梦。

这没有什么大惊小怪的，我从前也时不时地这么干。一个人可能遇到很多理由去干这件事，他的人生悄悄地产生了一个新而隐秘的关注点，这不能说是没有原因的。人们时常说这些事情是没有原因的，只是因为人们对那个原因没有一点把握和描述的能力。

D走过来的时候，我告诉他：最好不要用关键词代替全部。有的东西可以用关键词来记录，保证你一看见它们就记得起梦的大概全貌；但有的地方则需要尽可能详尽地描绘，因为那些东西转瞬即逝，你不能保证几个当时的关键词能在往后给你什么记忆和提示。

D一面问我是怎么知道他在记录梦境的，一面盯着纸上的词语若有所思。D就是这么一个平静可爱的人。我回答他，谁都可能这么做过。

"那你不觉得奇怪吗？我以前做梦常常直接告诉你。"

"大多数梦本身是不好讲述的。"

D拿大眼睛盯着我。

"你可以这样，觉得适合讲出来的，你就讲；觉得不适合讲的，你就还是记在纸上，而那到底是些什么，不一定要追究的。"

D认同了我的提议，并认真从书架上找了一本闲置的笔记本，把它摊开摆在了桌子上。

五

D记梦的事给了我一点启示，或者说让我隐隐把握住了一点并不明确的联系。

在第二次采访的时候，H问我，我说的"看似不存在却又真实可靠的东西"指的是什么。我想了想也说不出个所以然，就干脆应着那不明确的联系回答："好比高品质的梦。"

H的眼睛显然亮了一下。"高品质的梦，怎么说？"

在外人面前我的精力和脾气并不太好，更不喜欢跟人聊一些并不需要互相聊的东西。说老实话，我当时心里想着的全是D。我们谈着的事不能说跟D没关系，他太容易让我牵挂。所以我并没有接住H的兴致往下说，而是快嘴地回了句："您大概忘了，是我采访您。"

说出这话我多少有点后悔，可没想到H不仅没有对我不上道的"冲撞"表示反感，还在接下来告诉了我一件令人震惊的事。这件事如果被公之于众，那么H的能力和声誉都将被蒙上一层奇怪的阴影。

"我现在的那些短篇小说，正是来源于梦。并且这些梦几乎都不是我自己的梦，而是别人的。我早就预见到了，把人的梦境加以编写，一定能形成杰出的小说。"

我想到了D在纸上记下的那些关键词汇，这样的事我也曾做过。

"所以您所做的，其实是提炼梦境，而非构建小说？"

"提炼梦境……很准确的说法……说起这个我是很惭愧又很无辜的，我写不出来我认为好的东西。小说要的是情节和现实因素，我认同的却是故事和感觉。"

"这就是为什么您多次在公众面前否定您之前的写作？"

"不不，我不否定我的写作，我否定的是我以前写的那些东西。一个人苦心写小说，并且知道什么才是真正的好小说，那么他就已经是一个杰出的小说家了。最讨厌的是不知道好坏的人，大多数人根本分不清小说的好坏。我知道我以前写不出好的小说，所以我就尽量不写，我宁愿写点杂文挣点钱，也不愿写难看的东西……"

"想写而不能写，算是小说家的困境了。那您是怎么转换到现在的写作状态的呢，有什么契机吗？"

"其实你别一股完成工作的劲头来问我话，我们就聊天不行吗……今天先到这儿吧，有些稿子我还要整理，晚上还要去帮我女儿遛狗。下次，下次我们就好好聊天吧，我觉得您聊得挺好的，如果再真诚点。"

看来H不只是个谦和的受访者，还是个亲切的父亲。他的宽容让我有点羞愧，所以我重新调整了态度，答应了他下次好好聊。在此之前我赶着问了他最后一个问题："您说您用的梦几乎不是自己的，那是从哪儿来的呢？"

H给我写了一个地址，说我去那儿能知道更多。

六

我到家的时候D还没回来，洗了澡后我就到床上躺着了。D打电话问我想吃什么，他带回来。我让他带点粥就行，他说那就他回来做。我们都不大会做饭，我爱喝粥，D说我很好养活。

桌子上的本子摊着，傍晚最后的一点光留在上面。我起身去看了看D的记录：

2016.8.27

雪天、拖累、高原摩托、孤立无援、冷静

这些词汇的组合，似乎是能凑出一个完整的故事的……但是它又不是确定的，甚至跟 D 真正的梦境大相径庭。我突然有了极大的兴趣，不知道是对 D 的真实梦境还是对这些词汇本身。一方面我是 D 的妻子，是他至亲至爱的人，现在置身于傍晚等候他回家的平静和愉悦之中；另一方面，作为一个永远无法进入 D 梦境的"第二人"，我在这里看着他自成一派的梦境笔记，徒劳演绎着词汇背后的场景和意义。伴随着傍晚时间的流逝，这一切实在有点虚幻，令人伤心。

我既想让 D 告诉我词汇与梦的真实对接，又认为了解之后这些词汇和梦本身就都没了意义，D 的行为将成徒劳，我的旁观也变得琐碎不高明。这些复杂的情绪交织在一起，我处理不了，只能继续翻看记录：

2016.8.24
等车、空白、别无其他

这一则记录很难猜，几乎没有猜测的空间和余地。

D 回来了，买了他爱的小吃。他边吃边向我走过来，我指着本子上的"等车、空白、别无其他"，说我想知道这一则是什么意思。

"这个啊……这个很神奇。在我的印象里是没有这种梦的。我梦到我在等车，就这样，没别的了。我就一直那么坐着，并且我感觉我知道——没有其他的事情正在发生或将要发生。在荒郊的一个简陋站点，我就白白地那么坐着……你说梦能有这样的吗？"

一个停滞的梦，一个静态的梦……这确实很不寻常。梦的一般特点就是天马行空，高效地在任何时候、任何地点切换着发生任何事情。如果一个梦很长，还保持几乎静止的情境，那确实不太一样，我自己似乎就没怎么遇到过。

"梦里我在等车，只在等车。没有说我要坐车去哪儿，也不知道到底在等什么车。整个梦我一直处在一种等待的状态，没有其他任何事情的发展线索……回想一下那情况真是胶着，可我在梦里又没有一点焦虑，就好像世界上本来就只有'等车'这一件事情。我没有想过要做出什么行动来改变那种近乎静止的状况，我就那么一动不动地坐在荒郊野外的烂站点没完没了地等，就好像这个世界上根本没有什么是需要推进的。"

就好像全宇宙只有 D 一个人，没有其他生物，也没有其他非生物，贯穿时空的就只有一件事：D 在等车。

"我还记得我戴了灰色的厚围脖，眼前雾蒙蒙的。我坐在浅绿色漆的铁座椅上，哪儿有什么车呀。"

我听得有点入迷了。D 在我眼前挥动食物，我才反应过来。

"粥里加什么？"D 焕发着光彩，一脸快乐地问我。

"随便。"我恍着神。

七

我到了 H 写的地址，这里是近郊的一片红瓦房。我不知道在这些废弃的房子里我能找到什么，地址也没有继续详细下去。不远处的公路上有车子飞速驶过的声音，但是我感觉我们相距千里。

我给 H 打电话说明了我的位置。他让我站在原地，说马上来接我。

我踩在破碎而茂盛的杂草泥地上，许多天没下雨了，地上干得很，蒙着气息强烈的灰尘。寂静的瓦房后面是一片稀疏又望不到边的树林，很难说那一头是人们知道的地方。我想到 D 讲的那个等车的梦，也突然意识到这样的地方是多么不合常理，叫人不安。我拿出手机想给D打一通电话，让他知道我想他了，也让他知道我现在在哪里。就在这个时候，H出现了，我不知道他是从哪儿来到这里的。

同样很难说的是接下来的路程。H向我保证一切都是安全的，只是会不可思议。他带着我穿过一排排瓦房，往稀疏的树林走去。公路的声音离我越来越远，不明的世界越展越开，H带着我绕过来绕过去，当我几乎以为我是在做梦的时候，晕眩中，眼前出现了一幢极具年代感的方楼，它庞大厚实，让我重返现实。

建筑的一楼外部有好多回廊、楼梯，H领着我绕到另一面走了进去。刚到里面的时候，仿佛进了教堂，空旷至顶，木具甚多，有着肃穆和腐朽的气息。但是环看一周就会知道事实并不止此。整栋楼分了好多层，可肉眼看上去并不能知道确定的层数，也不知道每一层从何开始，至哪儿结束。你会觉得二层是从东边的大墙伸出的，可是三层又好像在另一个方位，跟二层并无关系……四层只是一个简单的平面，五层则又好像是一个独立悬空的封闭空间……墙面由底至顶都装成书架，上面摆满了文件一类的东西。恍惚中我还能看见有不同的人在楼里一下子出现、一下子又不见了，他们大多捧着资料走得快而稳，但是我根本不能确定他们是从哪个高度、哪个方向进入我的视线的，也不知道他们又是怎么消失的。

以上都是转瞬的事，因为没停留几秒我就被H曲曲拐拐上上下下地领到了一间独立的小房子里，我不能确定这间房子在楼的哪个部分，说它在地下我也一点不会感到奇怪。

八

前几天 D 拉着我跟我说了一件事（他之所以不喜欢瞒我，我猜是因为我并不喜欢对别人的事指手画脚。即便他是我丈夫，他也是独立的，是别人，是我不应该妄图掌控的。正是因此，D 才愿意把最单纯的信任给我：告诉我所有事，即便无法加以解释说明）。

D 说，他记录梦境并不是无缘无故心血来潮的。主要的原因当然是在于自己：他近来做的梦很能引起自己的注意。这有可能是因为梦本身的品质在变化，更可能是他自己的人生到了这样的地步。也就是说，没有理由的，他就是会在这样的时候开始关注自己的梦。除此之外，还有另一个具体且巧合的原因：有人找到他，说如果可以，想要收集他的梦。

九

我几乎一下就将两件事联系在了一起。我不知道说什么好，只是脑袋高速运转着，同时非常想念 D。

H 开口了，他说这里是"记梦学会"。

"你是说，这整栋楼？包括楼里的那些人？"

"是。这里从事梦的记录和整理，我们做的事比你能想象到的多很多。或者说，跟梦相关的事，人们知道的都极其有限。"

H 说每个房子都是独立封闭的，相互一般不来往。他在这间房子里负责阅读和分类，除此之外，他还有一项特殊的作业，就是将合适的材料编成小说。他透露，他的稿费和版税有很大一部分就拿出来作为了学会的运转资金。

"这么说，您是这里的领导人？发起者？"

"不，你大概不会相信，记梦学会古已有之。"

人类做梦不是一两天的事了，记梦学会也说不清到底已存在了多少年。我们相信，它起源于一种天真的觉悟：几个人或一群人早在各种科学萌芽之前，就体会到了梦的可追究性。探索的深处是什么，谁都说不清，但是他们相信那是一个很广阔的世界，要么与现实世界相互补充，要么大到包含现实世界，或者它根本就是现实世界尽头处的解释……我们看过学会的一些历史档案，有人甚至断言：这长久不断的现实世界很可能只是梦的一点投影。

"您是说，整个学会贯穿历史在人们眼皮子底下运转，却做到了始终不为人知？"

"是，记梦学会是长久以来与整个人类社会同在的机构，但是它不能被全人类知道，不然它存在的意义就没有了。它的属性就是悉知而不透露。"

接下来，H向我讲解了整个系统的大体运作。有人专门搜集梦：他们或贡献自己的梦境，或在生活的不经意处不动声色地从陌生人口中获取素材。H把他们描述得相当专业又亲切，就好像那是一群苦心潜伏在人们生活和梦境里的特务。

有人在方楼的房间里汇总得来的梦，把它们以文档的形式一五一十地记录下来。H提到，对于一个梦，讲述者自己往往都是迷糊的。他们常常会提供多种相互矛盾的说法，要么就只是几个有现实参照的关键词，或者纯粹是他们主观且虚幻的感觉描述（有那种忘了梦境但能表达感觉的情况）……不论是什么情况，负责记录存档的人都只按照搜集者得来的信息一字不落地记录下来，然后标注上时间、做梦者的基本信息、搜集者的名字……存档的时候，要一份纸质档、一份电子档。纸质档案按时间顺序放置在书架的相应位置，电子档留用做进一步分析。H说，靠近顶层的那些书架上还保留着唐代的记梦档案，但是数量不多，因为难免遗失和损坏。学会里现存的最古老的一份档案，记录的是唐代江南地区一个老妇人的梦。梦的内容是一场浩大的部落婚礼，发生在西部的高原上，伴随着奇特的天气和地质变化。记录表明，实际上这位江南妇人一生从未到过西部边陲，所以她是根本不可能知道那里的景象的。

　　纸质档案作为整个学会的存在基础，被着重保护，以此延续整个事业。电子档则被进一步分析归类，有人会像处理庞大的数据一样去处理这些梦的原始记录。它们会被标记上不同的标签，再按照数十种分类的标准，被多次归入门类，以便随时比较研究。可以说，这项工作才是最艰巨的，它的复杂不止于操作过程本身的难度，还在于工作者精神世界的频繁更新。在这个庞大的数据库面前，工作人员不仅要接手新数据，还要在日常的对比分析工作中面对一些惊人的事实，这些事实足以击溃一个人的正常生活秩序。比如，今天的一个男人的梦境可能会跟四十多年前一个小孩的梦境完全重合，或者，无数年前的一个梦境恰好能完美解释昨天的一个偶然的梦……当然，类同门捷列夫梦到元素周期表这样的事，有许多早前的梦正好也能印证几十年后的某个重大场景或事件……

十

H大概还说了更多，可我不能完全记得了，或者说我根本没法听全。我在恍惚中被H领出方楼，穿过树林，回到杂草地上，看见红瓦房，渐渐听到公路上车子呼啸而过的声音，这才终于缓过神。这时我问了H一个十分重要的问题——他为什么要把我带到这儿来，让我知道这个几乎不存在的机构。面对我不明显的愤怒，H没有表现出慌张和愧疚，他的回答更是让我感到厌恶——他希望我能加入。

事实上，我似乎没有一点该生气的理由——H作为一个势头正旺的杰出小说家，在信任我的前提下，向我透露了一个庞大的秘密，并邀请我参与这个秘密。这实在没有什么说不过去的，可我就是感到十分不舒服。

等到D回到家的时候，我死死地抱住了他。这个主动的拥抱让我感到踏实和幸福，让我知道我的生命里有着许多实在的东西。而像记梦学会这样的东西，则是不应该被落实的。

那天晚上，我做了几个梦。其中一个是我站在记梦学会的方楼面前，场景十分荒凉，并且没有情节，只有我跟这栋楼无声的对峙。另一个梦更让人伤心，我梦到毫无缘由又不可挽回地，D和我要永久分开。我醒来的时候还保持着梦里分别的痛苦。我看见D的本子摊在桌子上。一下子，我对这一切产生强烈的怀疑和厌恶。

所以再见H的时候，我明确地拒绝了他的邀请。我甚至不愿意继续把采访做完。H见我态度坚决，也就没再提加入学会的事。他只是建议我把采访做完。

我感到为难，到了这个地步，采访继续做下去的话，是回避不了记梦学会的。H说过，他的机遇和素材全来自于此。

　　从梦中汲取灵感，这在文学艺术上是说得通的事。但是有谁想过把梦当成全部写作材料呢？H说，他不愿意写那些被反复描述过的东西，而梦本身就是独立完整的，不应该被当作随机因素。如果对梦加以正视和分析，人类完全可能挖掘出另一种可能性。加上他又苦心于小说，所以能把这两者巧妙地构造在一起，差不多就是他最大的成就了。

　　"有评论家说，您的小说顺畅精练，在叙述中完全不避讳不合理性。而又正是这种理直气壮的风采，才让读者自然而然地不去追究小说的不合理，反而把它们当成一种亲切的奇迹。现在看来，这其实跟梦的特性有关吧。如果这些人知道您的小说都来自对梦的编写，您觉得会怎么样呢？"

　　"本来这没什么隐藏的，在我看来，把梦编造成小说其实就是一种文学创作，可以说我为此骄傲。但是我还是希望您能把这件事藏在心里，包括记梦学会的事。这些东西没必要众所周知，一旦它光明正大，它就基本荡然无存了。我之所以会告诉你，是我信任你，又太盲目乐观地以为你愿意加入进来，但是你不愿意，我也就不好勉强。"

　　我明确地表示我会保守这些秘密，面对他的诚恳、平和，我觉得我还有必要向他解释一下我拒绝加入的原因：不论是他的小说还是整个记梦学会，都十分不可思议。尤其是记梦学会，它让人震惊。它的魅力是不可计数的，正如H所说，记梦学会能激发好多隐秘的意志和想象。也正是因为这个原因，它显得那么危险，那么令人晕眩。

　　"有的东西，只能停留在模糊的地带，停留在不自觉里。如果把它付诸实践，不是乱套了吗……记梦学会的事，想想也真是可怕，我并不希望我的实际生活跟它有什么牵扯。"说到这儿，我又想起了D，D

说过，有人要搜集他的梦。我必须怀疑是记梦学会的人找到了D。

"你们到底是怎么选人的——那些提供梦的人，你们是怎么看中的？"

"我不负责这个，所以我也不是特别清楚。但是很显然，负责搜集的人有他们的经验。能被他们选中的人，神态、行为大概都有些不同常人的地方。据我了解，一个人在一生不同的阶段，对梦的敏感程度是不同的。有的人可能一生都不太在意梦，有的人又始终教徒般地专注于梦的感觉和启示。更多的人则是处于长久搁浅的状态，他们的一生之中只有几次对梦的敏感时期，在这些时候，他们会集中体会到梦带给他们的异于平常的感受，他们留心于与梦相关的各种现象和事实，就好像能突然之间从中得到宝贵的秘密信息。"

"我不跟您开玩笑，我的丈夫大概是被你们的人盯上了。"

"哦？这么巧……但你也不必过分担心，他们绝对不会纠缠谁的，这一切都出于自愿。虽然当事人不知情，但是我们绝对不强迫人……在你心中，我们倒显得有点危险和邪恶。"

"我只是觉得所想应该大于所做。"

十一

面对D，我总觉得一切事情都很简单，我不知道还有谁能让我感到这样的平和。所以我对D的爱是和包容、保护混在一起的，我觉得他不应该受到这世上不必要的干扰和伤害。

因此我不打算把事情的本末都讲给D，我希望用不刻意隐瞒又简单的方式让D脱离这件事。与此同时，我又多少感到些惭愧和不安，我不知道这样算不算剥夺D自己选择的权利，如果他真的愿意加入这样一个学会呢？

我随意地问D，之前找他搜集梦的人，还有没有保持什么后续联系。D大概以为我已经忘了这事，他先"哦"了一声，才说那人又找过他一两回，还说了点奇怪的话。

我心里一紧，问他说了什么。

"他说，记录梦这件事儿，其实可以成为一项持久、专注的事业。"

"还有呢？"

"没了。"

"那你怎么回答他的？"

"我没理他这话，他怪神叨叨的。然后他就走了。"

我忧心地说不出话，D大概看出了我的不快和焦虑，他凑过来笑着说："你也不愿意我跟他走吧。"

他这话一点都起不到安慰的作用，"跟他走"是什么意思，难道D已经被带去过那栋方楼了？

我什么话都说不出，只能极其认真地回答他："不愿意，一点都不愿意。"

十二

"您说过，他们是不会纠缠人的吧？"

"谁？"

"做搜集工作的人。我觉得他们想让D加入。"

"但凡当事人有一点抵触，他们都是不会继续下去的。你不要把我们想得太坏，怎么到你那儿我们像是骗子、搞传销的。"

"我没有那个意思。"

"放心吧，如果他没有意愿，这件事搁久一点自然就没了。他差不多还会忘记他干过记梦这事儿。"

但愿如此。

我告诉H，采访的所有内容我都会重新整理一遍。跟记梦学会有关的部分，我绝对会把它们从稿子和脑袋里都抹去。他写作的秘密我也不会透露，因为其中牵扯太多，难免惹出是非。H说这样办很好，他相信我。

"我个人还是会继续关注您的作品的，但是采访，我觉得以后可能没有必要了。"

H点头表示同意："你知道，按照现在的思路，我可以把小说无休无止地写下去。但愿之后我还会有新的思路和手段来构建小说，不然的话，一段时间后我就会搁笔，然后完全投入记梦学会的基本工作。"

"这件事，好像是没有尽头。你们预想过它的终极效果吗？比如，你们想要它达成什么目的……"

"说不好。这项工作说到底还是人在操作，而我们每个人的时间都是有限的。你忘了楼里那么多档案了吗？这事儿从有记载开始已经延续无数年了，可是每一个参与过的人最多能进行几个年头啊？我们每个人能做的只是这整件事、整个系统里极其有限的一点儿。我们谁都想不到它的全面景象和终极效果，我们能体会到的只有一样——全人类的梦都被记录在案——这你能想象吗，全人类的梦都被记录在案。"

十三

当晚，我梦见方楼里的人都着了魔。他们俯在各自的办公桌上用几乎所有的时间去睡觉，以此来代替他们的工作、生活、游戏。他们全身心地投入做梦、记录梦、分析梦、比对梦的事业里，几乎要把这样的秩序发展成人类社会的新方向。我还梦到有人在暗中窥察D，他们想要攫取D的梦，想要把他从我的生活中永远带走……

而事实上，随着最后那次采访的完满结束，我与记梦学会的一切就再没瓜葛了，我当作根本没有这回事。唯一让我担心的D，也如H的预料，渐渐脱离了这段时间的怪异。他对梦的记录没有持续多久，之后也真的几乎忘了这事儿。那个本子被搁置在了书架的一角，再没有被动用。

十四

D一向不爱看书，直到现在老得不大能动弹了，他才不得不坐在躺椅上看上几篇。

这天他突然惊叫着走到我身边，他手指颤动着敲打书页，他说这篇小说是他写的，不，是他的……不不……是他所知道的……哎，都不是那个意思……他强迫自己镇定了一下，然后歪着头仔细想了想。最后，他确定地告诉我，这篇小说，他梦见过。很久很久以前，跟他做过的梦如出一辙。

D的话让我回忆起了什么东西，大概是几十年前的事，跟我做过的一起采访相关……我翻到书的封面，作者赫然写着H。

　　在我这衰弱的垂暮之年，一些事情的真实性突然让我产生怀疑。

追踪

"事情发生在一场葬礼上。"K这么告诉我。

K是个有很多朋友的人。他热衷于跟任何不认识的人打交道，然后跟他们混为一谈。他喜欢大家表面上看上去混为一谈的感觉。

他跟我讲，葬礼那天刚好还下了点小雨，但是没下多少就停了，空气里悬浮着湿气。

葬礼的主人公，那位不幸去世的人，是个有钱人。除了有钱，他还有着品位不低的对美的追求。据说他本就垂垂老矣了，一生钱财无处散。与世长辞的前几天，他就在自己清幽雅致的卧房里交代好了葬礼的规划和种种细节。

K向我描述了葬礼现场。追悼会没有大排场，并且与下葬的仪式融在一起。墓地当然是选的最贵的宝地，不懂风水的人也会心领神会这块地界的妙处。四周山林环绕，脚下绿草茵茵。柔软的绿地皮下是绵柔的棕色泥土，饱含湿气，意寓着长眠和生生不息。仪式就在墓地里举行，露天搭着简单而不失身份的场地。建筑框架上用白色的布艺装饰，略显造作但能被原谅，逝者无罪。来宾不多，大概也是经过了筛选通知的，他们都黑装素裹，达成一致。

"我感觉他是把我们叫到一个私人森林会所了你知道吗，环境太好了，他给人制造了一种他确实去天堂了的感觉。他给自己安排好追悼会，就是让我们去看他上天堂的。我们在墓地里听着鸟叫，他的家人都恬恬淡淡的，像在搞一个温馨别致的朋友聚会。大家都被现场氛围和他家人的情绪感染，人人都轻松愉快，几乎要把笑容挂在脸上了。

"就在追悼会进行得很顺利很愉快的时候，远远的缓坡小路上走来了一个匆匆忙忙的人。他一看就不是主人邀请来的，正在走来的他与当时的场景和氛围格格不入。

"他的穿着胡乱仓促，手里抓着一包用牛皮纸袋装着的东西，看起来里面是文件或者书。他走近了，带着陌生而侵犯的气息，引起了在场所有人的紧张和厌恶。

"就在众人都看不下去、蠢蠢欲动要喝止来人的时候，主方家里的人迎了上去。她看了看来人手里的牛皮纸袋，开口问：'您手里拿的是报纸吗？'

"在场的人都搞不清楚状况，有人猜测这可能跟遗产或者隐秘身份相关，电影里都这么演。

"这个猜测完全不对。

"来人对中年女人的问话也感到惊讶，但是他一边惊讶一边点了头，他说，是报纸。说完他还停留在惊讶的状态，好像眼前的女性窃取了他藏了一生的重大秘密。"

"那这男的到底有什么秘密呢？"

"你听我慢慢给你讲嘛。

"女主人邀请来人参与仪式。大家都觉得这人打扰了去世的人，也打扰了仪式的愉悦和安定。女主人为了安抚众人的情绪，拿过牛皮纸袋，一边拆开一边给大家讲述。

"纸袋被小心拆开，从里面掉出了不少纸片。大家都看出来了那是些剪报，女主人一边弯腰捡掉出的报纸片，一边有些难堪地说：'没想到有这么多啊。'"

"你能讲快点吗？"

"我得按照事实给你讲全。并且这些都是关键。

"在场的人也都像你现在这样，急于让女主人讲述。起先墓地里的那种清肃又温馨的气氛依旧保持。来人和报纸让女主人成为焦点，大家也正是在这个时候格外被女主人的典雅气质吸引，如果这片墓地是天堂，那这位恬淡稳重的女主人就是神话故事里的女性先知，具备光辉的、令人信服的母性和神性。

"女主人领着来人，到墓前给过世之人鞠了躬，放了花，然后就跟大家坐在了一起，开始讲述女主人所知道的事。

"在老人交代身后事宜和葬礼细节的那天下午，还有一件重要的事被着重交代了。老人告诉家人，葬礼那天，会有一个陌生人不请自来。家人首先也是震惊和怀疑，难道老人年轻时做了什么越轨的事？

"老人说这位陌生人应该叫H。他叫家人拿着钥匙去自己的柜子里取东西。东西取来，是一个牛皮纸袋。打开纸袋，里面是许多剪报，并且都是长条形的。

"'他告诉我，这些剪报都来自报纸的中缝。他讲得很清楚。虽然人已经到了生命的尽头，但是他的思路还很清晰。他边讲，我边翻看手里的剪报，尽量理解他所表达的事。'女主人说。

"大家对来人的敌意也慢慢褪去了，众人围在一起听女主人讲这些报纸的事。

"女主人转述了老人的话：

"'这件事听起来可能会很荒唐，但是在漫长的操作过程里，我自己是知道这件事的可靠性的。你也知道，我年轻的时候在报业上班，一开始也并没有多少事可以做。不少前辈告诉我，让我多看看报纸。好比一个杀猪匠，他如果想更好地做好本职工作，闲的时候就应该多跟刀或者猪相处，这样才能冥冥之中获得杀猪的灵感和气场。我知道他们是说着玩的，因为他们也没什么真正能教的东西。但是我确实又在他们的这个话里感受到了些精妙的道理，所以我真的就在没事儿的时候翻看报纸。

"'正常的版面根本没什么可看的，报纸，哎，你也知道的，没什么意思。但是我还是在耐着性子翻看，因为其中偶尔也有一些有用的信息。而最有用的信息，正在那些中缝里面。

"'我不知道你注意过报纸的中缝没，那简直是个被忽略掉的隧道，里面包含的，不只隐秘信息，还有时间、空间的变化流动。我告诉你中缝都有些什么信息，明面上，它多呈现为"公告""声明""启事"这一类听起来毫无趣味和意义的东西。比如某年某月某日，某公司遗失了其印章；某年某月某日，某部门缴获了什么物品；某年某月某日，出现了某人的沉痛讣告；某年某月某日，某企业发布了清算公告……某人身份证遗失，某部门拾得一弃婴，某法院公告送达了诉状，某地区将开展市政施工，某企业公开招标……而正是这些无聊的事件和信息，在坚实的结构层面凸显了这个世界的存在。

"'你知道"解构"这个概念吗？我把它运用到了对中缝信息的分析里，整个世界的规律从而有迹可循。

"'不要觉得荒谬。

"'我看出了这些干燥信息的活力，开始认真地搜集它们，对它们进行拆解、拼凑、重组、分析。不管你相不相信这个操作的可行性，我要告诉你，我在长年累月的工作里，一直致力于抓H的信息。我一开始也并不知道这个H是谁。是命运，或者说铁一般的规律，让我在这项工作的初始就撞见了 H。我想，既然命运让我碰到他的信息，那我就跟着这条线索一直走下去。几十年来，我用尽所有报纸的中缝信息去跟进 H。这既是一项真正有趣的生命活动，又是一个重要的实验。

　　"'你看看那个本子上，上面有我的所有笔记。很多时候我觉得自己像个密码分析师，是个了不起的密电工作者。你看看上面的笔记和总结，你会知道我这些年除了赚钱都做了多少事。

　　"'现在，我的时间已经不多了。本子上的笔记和分析你可以慢慢看，我现在要急着交代你的是，我分析出来 H 也在计算我。

　　"'令人瞠目结舌是不是？别惊讶。

　　"'这个了不起的结果是我最近才分析出来的，我自己都吓了一跳。我没想到 H 跟我有一样的发现和操作，他也一直在追踪报纸中缝的秘密，并且他追踪的正是我！这就是命运！隐秘的宇宙有它自己的道理和魅力。

　　"'我要交代你的就是，在我葬礼的那天，当 H 带着他所搜集的信息来悼念我的时候，你们一定要善待他，并把我搜集的资料和我的笔记一并交给他。这样就够了，其他的事你们慢慢处理。说老实话，我多想亲眼见见 H……'

　　"女主人不急不慢地转述着老人的话，众人听得入迷。有人觉得背脊发凉，本来干净平和的墓地好像变得阴郁不可捉摸了，身后密集的松林里饱含着幽深雾气。有人表示不认同女主人讲的一切，但是报纸、笔记本摆在眼前让事实不可争辩。

　　"况且 H 就在场。

　　"就在众人待在原地不知道要干吗的时候，来人突然发话了。

　　"他说他并不是 H。

"一直表现沉稳恬静的女主人听了来人的话，不免惊叫了一声。来人不是H？他不是老人精密计算出来的H？

　　"难道这一切都是老人的幻想？难道老人经营了半辈子的秘密事业是一场浩大的错误？可是报纸和笔记都那么实打实地在眼前。

　　"到底是怎么回事？

　　"当来人否认自己是H时，在场的不少人都表现出了失望，好像眼看着一个神奇的故事被揭穿为讹传一样。与之相反的，有的人则是不免松了口气，仿佛又终于双脚着地，没被怪事支配在虚空之中。"

　　"结果呢？那个H，哦不，那个带着牛皮纸袋的陌生人，他到底是谁？"

　　"那个人听了女主人的话，从女主人手里接过剪报和笔记本。他认真地看了好久那些资料。其间没有一个在场的人打扰他，都在等着他。

　　"当那个人看完资料抬起头来的时候，很多人都觉得他好像变得比刚来的时候老了些。当然了，不可能他真的在短时间内突然长出了几条皱纹或者几根白发，我想他显出的老态应该是疲倦，殚精竭虑。

　　"大家都在等着他开口说话，山林和墓地在当时显得格外安静，没有一丝声音，只有微弱的山风。

　　"等了不少时间，来人终于开口了。他控制不住地发抖，嘴里爆发似的发出声音，他说他不是H，他不是H，停了一下，又突然改口，说自己是H，自己就是那个H……如此反复，他不断念叨，吓住了在场的所有人。

　　"开头我们说过，这场葬礼是经过精心安排的。它在各个方面、各个细节都被安排成极具现代文明意义的仪式，所以全程都避免了火，场面和氛围才如静谧天堂一般。但是最后，墓地中间不得不升起了一堆火焰。草地上的青草被火燎出了枯白色的边，呛人的烟在墓林里荡开，白色的幔帐被熏上了浓重的烟味，天堂一般的墓葬现场突然有了不和谐的温度。原本心态平和脸上挂笑的来宾，有的甚至流下了眼泪，可能是为了过世之人哭泣，也可能是被烟火熏了眼睛。

"那堆火里正燃烧着两份剪报和笔记，由于它们数量庞大，所以燃尽它们花去了大量的时间。"

关于
电影
《佛的创世记》

我的户头上一次又一次地入账，全是 R 那边打过来的。这电影算是发了。据说这部低成本的电影莫名其妙还闯到了国外去。舆论是种多么巧合又奇怪的东西，任何东西都要靠运气。

　　R 运气好，我也是。

　　虽然不是真正意义上的大火，但也有越来越多的人都在估摸着这部电影的价值和意义。褒贬不一是肯定的事，但是不论褒贬，都说这部电影很可以看。

　　听说不少人是出于猎奇心态去看这电影的，看完之后都还挺乐。

　　还说这电影卖得最好的是深夜，不少奇奇怪怪的人专门在这部电影面前睡觉，不会睡着，但是迷迷糊糊的很舒服。

　　挺蒙的。

　　伴随着电影票房幅度不大但稳定的涨势，电影方的各种活动收入也止不住地来，国内国外不少偏门电影奖也都瞄上了这部电影。

　　我是这部电影的编剧。

　　作为电影编剧的我，至今为止还没看过电影。它来得太突然了，R 前段时间电话给我说电影要上了，我说什么电影啊，R 说就上回那个，我问他上回哪个啊，上回什么啊，他说就佛像那个啊。

　　我闷脑袋一想，我去，那哪儿是"上回"啊？那不是两年前的事儿吗？R说，就是那个，就是那个，现在弄成了。他是导演，编剧是我俩一块儿。我一想我也没干什么呀，那次喝酒之后，我们也没怎么见过，怎么我就成编剧了。但是R通知我给我一编剧，我没有理由恬不知耻地给人家拒了，我就胡乱地答应了，还祝他票房大卖。

票房果然卖得不错，相对于它的低成本来说，这电影赚得还挺凶。我一默默无闻的人也愣是跟电影一起走出了国门。不少人都在夸我，说我这编剧挺牛的。同时，我的卡上三天两头就进一次账，数字不小不大。R每次都短信一下，说这笔钱是什么什么活动的，是什么什么奖项的。

这是不是个套啊？

我必须仔细回忆一下。

当时R刚从西北拍片回来，我跟他关系呢，我觉得说好不好，说差不差。他倒是挺待见我，有事儿没事儿问我要个剧本什么的。我一臭写非著名小说的，哪儿那么多剧本能给他。可他就是时不时找我，跟我聊他热爱的电影，或者其他一些有的没的。

这次他就跟我讲起了西北拍片的时候在野外片场见到的东西。山体边一个大石堆里，发现了刻在石头上的几幅很小的石刻图。

"古人还挺能画连环画的，简单几幅加起来比电影还多。"

我没接什么话，只管吃东西，他也不气馁，只管讲。

"我一直想把画拍成电影。你懂吗，把奇怪的画凑在一起拍成电影。"

"嗯。"我搓着花生皮，听他讲着。

"我小时候经常做梦。"

"谁都会做梦。"

"很多时候我能把梦记得很清楚。"

"那可能是你自己偷偷续编的，骗自己是梦境。"

"哇，这你都知道……我觉得也不一定，我想象力没那么好。我梦到的很多稀奇画面我都会记在脑子里，我觉得拍成电影一定很好玩儿。"

"你不是说你在西北看到的画吗？到底说画还是说梦啊，还是你在说电影啊？"

"说画说画。"

"画一共四幅，排成方阵，每幅也就巴掌那么大一块儿。

"第一幅整个就只装了一尊佛，特别大，特别慈祥那种，脸上的笑别提多平静了，看了让人满心崇拜，觉得那就是源头就是开始。沙子啊灰土啊蒙在上面都挡不住他一脸慈悲高明，看了让人简直要哭。

"第二幅就不像一般的石刻了。只有几条简单的杠杠，粗细不一，位置不同。近看以为几根棍儿散在了上面，拿远一点儿看，活像建筑，后现代城市图景……你要说它是极乐世界里那些宫殿楼宇脚底下的雕栏也行，可我怎么看它都更像现代的东西，线条简洁分明，整个世界的搭建就几根钢筋的事儿，跨过去搭过来，接上天入着地，看上去特别高级。而且那地面啊，不是地面，全是海，一片汪洋……"

"你拉倒吧，就这个第二幅吧，就我刻的，我能刻出来好几幅给你。"

"你认真点儿嘛。我说的是真的。尤其是跟在第一张的佛像后面，看着就是那么回事，就好像佛在指挥现代空间，你好好想想……你这样想，你想象一个海边都市，想它的城市总貌和建筑，然后把里面的人和事物全都抹掉，只剩下硬性的建筑构造，那幅图差不多就是这个样子。乍一看是些没有道理的杠杠，其实是摩天楼，是空旷的大街，是跨海的长桥……你脑子里有图了没啊……"

我也不知道我脑子里的图跟他说的一不一样。听着好像还是有点意思。

"第三幅啊，就有点'全世界'的意思了。前两幅除了一个极大的佛不是什么人也没有嘛。第三幅里头就有了好多女的了。你别想歪了哈，你得往美好的地方想，往前人类的地方想。敦煌壁画上不就有好多女的吗，跳舞的唱歌的，弹琵琶的吹笛子的，就是那种。不过在这幅里面，她们什么都没拿什么都没干，只是穿得跟仙女儿一样凑在佛的脚下，被佛看在眼里。她们一脸天真无邪的样子，活泼可爱地商量着什么。除了这些，还有很明显的另一个人，他不是佛，不是那群女的，他是第三个人，也处在那些线条简单的楼啊街啊桥啊里面。佛、几个女的、一个'第三人'，他们在这个场景里显然是构成了一种关系的。

"最后一幅，佛没了。几何线条还在，不过更衬得茫然一大片。那群女的和第三个人也还在，地面从一片汪洋变成了特别浅的大池子。池子里面明晃晃的，看得清好多贝类珊瑚之类的东西，女的和第三人都在里边安安静静地捡，好像这就是他们全部的事情。"

"你瞎编的。"

"我没！"R还挺激动，剥花生的手都抖了两抖，脆脆的花生皮在他面前翻飞，发出温热的炒货香气。

"你就瞎编的。"我逗他呢，"你能不能讲点真事儿出来。"

"我没编！剧组的人全见着了，也就是嫌重没给它搬回来。"

"那好吧，那我知道这个事儿了，下一个。"

"你怎么就不信呢，你看着我眼睛，你看我，我是真的……哎我真的……哎你活这么久了，没被佛像这种东西感动过吗？这个真的能拍成电影的，你这么不服我偏要拍了给你看。"

R 好像是挺认真的，我记得他当时眼里好像闪点儿光。他说我们真的能把这几幅图编成好电影的。

这能怎么编？

虚的东西不能编实了。这真要拍成电影，出来也就一默片……场景也没法搭，耸天入地的，还满地是海，后现代建筑没有人……只能拍动画片了。

"嘿你还真行，你别说，真要拍成动画片，肯定是现象级的动画片了，我们就拍动画片。"

"那就拍一动画片呗，谁都看不懂的那种，就叫《佛的创世记》。你自己拍，剧本千万别让我写，我写不了。"

R 挺乐的，就着啤酒越说越来劲。他是个天真的家伙，生来具备感染人的能力。

我们乱七八糟地说了好大一通，但都记不太住了，都是瞎说的：

"佛自个儿顶天立地坐了几亿年才等到一丁点儿人气儿……"

"其实几个女的都是猪八戒偷看洗澡的那几位活泼妖精……"

"画上的场景特像小时候玩的一款游戏的背景，几根条条杠杠的都可以换来换去，营造成无限广大的空间……"

"那个第三人啊，就编成电影主角，把它当成切入点再合适不过……"

"有佛有留白，最适合讲虚头巴脑神秘莫测的事了，起源啊终极啊，这些本身又都得是喜剧，极乐的那种……"

"最后那佛不是不见了吗，就说明他已经交代好一切了，看男的女的都去水里捡东西了都高兴了，世界秩序就形成了……"

......

我们边讲边回忆起众多不相关的事情，心情非常愉悦，互相的状态都知道，当时大概就是觉得世界上众多的夜晚都很难有比这更美好的了。即便我们都了解，这是种很即刻的感觉，到了第二天它们会荡然无存。

我们说的那些不相关的事情我确实一点儿都记不起来了。我能回忆起来的是，R还讲了两个他做过的跟佛相关的梦。可能他说了不止两个，但是我能记起来的就两个，而且也很模糊。我记得他讲得很动容，他把世界讲成一片巨大的虚空，唯一实在可见的就是一尊震慑人心的佛像，顶天立地、孤独无依。我记得他讲那两个梦的时候，气氛很伤感。这是说不过去的。

在那之后，R好长一段时间没动静，有也只是偶尔问候问候，完全没提电影的事儿，我这边也没放在心上，就都忘了。没想到过了两年，电影真成了，还这么非同凡响。

R真行，就只告诉我电影成了，然后不断给我打钱，其他什么也不跟我说，搞得我十分被动。到底是我缺席了什么还是失忆这种事发生在了我身上？我暗地里的日子像被这个电影突然打了大灯，让我觉得自己无处可躲。我在角落窝了很久，现在要自己站起来迎着这束光走近去，去看看都有些什么。

我买了一张电影票。票上的黑字十分醒目：《佛的创世记》。这浓重的黑字具备极度的真实感，到这一刻我才有了我就是这电影编剧的确切自信。

影院里座无虚席，好多人都在七嘴八舌地讨论，就好像这个东西要以不同的方式多次领悟才行。我在里面觉得挺尴尬的。比起电影，我更爱看随便什么的电视剧，或者电视上的综艺节目。电视比大屏幕更让我舒服，我不喜欢坐在公共空间里跟许多人一起看一个片子的感觉，那种固定又集体的感觉很愚蠢，所以我几乎不去电影院里看东西。

可我现在正在里面等着看一部编剧写了我名字的电影，在嘈杂的声音和黑暗的空间里，我的脸甚至红了一下。

电影开始了，一片白茫茫。

白色在推进，没有一点儿声音，没有接下来的事情，寂静的氛围拖住了人。

几条简单的铅笔画线开始贯穿荧幕，形成了楼不是楼桥不是桥的东西。有了几个佛音丁零当啷作响。

不得了，这还真是个动画片。

但它不是那种色彩丰富铺满屏幕的动画片，不是现代的、不是欧美的。它更像我们以前看的那种上海美术电影制片厂弄的水墨动画片，特别干净，特别无念，比那个还干净，还无念。

是传统和后现代一起。一定要找个说法的话。

我以前不知道在哪儿看到过上海美术电影制片厂的那个《小蝌蚪找妈妈》，应该是在特别无聊的情况下看到的，所以我才一直看了下去。可能是又无聊又困的情况，迷迷糊糊的，我渐渐被小蝌蚪感动了，它叫妈妈的时候我的泪腺甚至动过。

动画片就是应该简单，让人特别容易动容，让人看的时候有一种"啊，我在看动画片"的感觉。

我眼前看着的这个动画电影，画面拉得很远，观众的视角是一个斜斜的俯瞰，眼见着的是汪洋世界里的巨佛、蝌蚪般鲜艳的长裙女性、木不愣登的一个模糊人，以及简洁轻快的几何建筑。那四幅画的内容倒是渐渐都呈现出来了，可故事要怎么展开我真的很难想象。

稀松的古音渐渐低了下去，渐渐消失，从它们最后仅剩的一丁点儿声音之中生长出了另一种截然不同的响动：脚磕木桌腿的声音，酒杯碰酒杯的声音，两个男人喝酒讲话的闲杂平庸的声音。

画面还是在正常延续，佛啊女人啊模糊人啊都在，他们慢慢移动着。地面的汪洋也在大幅移动，建筑线条时而是黑的，时而大红色，但整个画面始终以留白为多，大概佛和创世记都不很热闹不很复杂。虽然看不出什么具体发展，但这样的画面进展让人能接受，也让人特别愿意去想象这些缓慢变幻的动画图景之间存在什么联系和故事。

随着电影画面和节奏的变化，人好像也在平静地上天入地，宇宙阒然，模糊的石阶梯，生而灭的黑色野草，洞开的佛门，更远的山和水……

不过，画面后的声音竟是两个喝酒男人啰唆的醉话，是他们在日常生活里的闲言碎语。听几句我发现了，背景配音的对话全是我和R两年前的酒话。

我大概有点明白了。

图像主要还是那四幅画的内容，以及一些与之相关的、有联想性的画面，他们在缓缓移动、缓缓发生变化、缓缓改变方向位置以及大小……从这些变化发展中看不出来什么具体的、确定的故事，但是又好像确实有很多种可能的事情在他们之间发生。我们大概看得见谁动了身，抬了手，说了话，但我们离他们好像很远，跟他们隔了几亿年，所以看不太仔细他们的动作，听不太清他们的话。

与之同时的却完全不是服务于画面行进的配乐、台词或者解说，而全是俩男人的酒聊，也就是我和 R 的对话。并且，我们的对话也并不能说是与画面同步的，可能我们正在讲石画上的几个长裙女人，而电影的画面却是高明慈悲的大佛稳坐汪洋之中。

R 的意思我大概懂了，可以叫这个是"立体电影"。

画面简单，充满宗教和史前意味，没有具体情节，但几个主要因素的缓慢变化本身就是情节。镜头斜着拉，观众都斜着俯瞰，看那个浩渺微缩的世界里，几个关联微弱的电影人物自顾自地进展一切。同时，全程的声音与画面几乎是分离的，造成某种提前和滞后的解释效果，让音与影不再像正常电影那样相互牵制，而是自由并行，成为两个系统——节奏不一、风格不一，但说到底是在一个整体里。

大概因为我本身参与了对话，所以有一点我还不太能像一般观众那样体会得到：电影的声音系统既可独立于画面成为一个故事系统，又能整体地解说画面。画面和声音在互做解释，时间和因果由此被弱化——电影不再只是一个时间段内的一个故事，而是事内事外的一种通体呈现，不再专门。

我认真地看着听着，背景里的对话在帮助我回忆，很多已经忘记了的酒话被再现，你突然会发觉自己以前有多可爱。

R 讲的佛像的梦在电影里出现了，那是我已经记不清了的部分。

"我怎么才能把我脑子里的东西给你说得一点不差？"

"不太能，这个事情无论如何都不好办到。"

"那你允许我矫情吗？"

"看效果吧。"

"你反正别带恶意，别想着嘲笑，你好好听吧，我认真给你说。"

"嗯。"

"真实世界不可能有那么高那么大的佛。怎么跟你说那种情况呢。你想想《西游记》动画片的某种场景，视线慢慢上移，碧蓝的天空前有雪白的云在悠悠扬扬蒸腾，没有尽头，云和天空都直直往上不留余地。"

"是挺高了。挺好看的。"

"在梦里，据说那是世界上最高的佛像。在西南的一座三线以下城市。我看了周围的状况，有很多细碎的店铺和人类居所，还有一些简易的棚子，以及一个极其不协调的具备高度的科技馆。里面放置着一个能看很远的天文望远镜，巨大的设备上已经蒙上了年久的灰。科技馆无人问津，而指路的人告诉我佛像就在科技馆背后一点。空间一下变成了山城，我抬头看直到脖子发酸。以上这些东西和佛像都挤在一起，它们前边是又低又窄的河，视觉上看起来是悬崖下的死水。"

"没有情节吗？"

"有的。我想想。有一群人等着我过河去找他们，他们是能带给我很多东西的人，他们都挺好的，在桥的那边望着我，有点焦急和生气，嘟囔着我为什么还不快点过去。我边看着他们，边倒退往高处走，我想去佛像那儿看看，拜一拜。我也没有不去找他们的意思，可最后他们抛弃了我。"

"我突然觉得我可能也做过有佛像的梦，也是挺大的佛。"

"你先别说，你还是先听我说。我脱离了他们的队伍，只身一人往上走。佛像看起来很近，但是要走不短的时间。到了最近的地方时，面前是一片有睡莲的池塘，上面飘荡着一些低矮的白气，整个池塘不及佛像的脚趾盖大。我在原地兜圈，时不时仰头看一下云里的佛身和佛头。

"我虔诚地在这尊不依靠山体、独自成立的巨型佛像周围兜转，并且在某个时刻跪在圆垫上祈祷。

　　"与此同时，我在梦中具备俯瞰视角，也就是说，我在作为一个参拜者的同时，还能从极高的云端往下看，看到佛像有多高多大，看到云的流速有多快，看到极低处的河流有多像一条假的、黏腻的无声银线。"

　　"这河……"

　　"我好像还听到了那一团人在对岸指指点点说了些这尊佛的话，也说了些我的话，其实好像都是些好话，但是总有隔阂在这之间。还有一两个不在场的朋友在外说我命好，不是你，那里边儿没有你。他们说我具备多样快乐的资格却快乐不起来。总之，他们也要来这里拜一拜。大概事情就是这些，我好像要在上面等他们来，也好像我根本再也不下去了。"

　　"还有吗？"

　　"没了。有也记不到了。"

　　"你说得挺好的。"

　　"那你讲你的。"

　　"我的什么？"

　　"你刚不是说你也做过有佛像的梦吗？"

　　"……我忘了。都差不多吧。佛像都长得差不多。"

　　电影慢慢进入尾声，我们的对话时而嘈杂时而微弱。画面里的佛最后不见了，满世界的汪洋变成了浅池子，微波浮动，那群女人和那个模糊人赤脚浸在清澈的水里，拣选着红色的珊瑚和雪白的贝壳。

　　"世界秩序就那样成了。"这是 R 当时的话。

　　灯光亮起的时候，我感觉自己像被闷了一拳，有点儿晕。好像又回了两年前的那个房间一遍。

我给R打了个电话，告诉他我看了电影了。

他一时没说话，顿了会儿问我怎么样。

我没说电影怎么样，只是让他别再往我卡里打钱了。

他说我是编剧之一，该收的钱得收。

然后换我愣了一会儿，问他，当时他讲了两个跟佛像相关的梦，另外一个为什么没放进去。

"你还记得另外一个？"

"我记得有这么回事儿，但是内容完全忘了。"

"我也忘了，我也记不太清说不太出来了。"

"那电影里的对话你怎么记那么清楚？"

之后的时间里，R还是照常把电影的后续收入打给我。我的名声也算在外了，生活变得轻松而散漫。在无事可做的日子里，我时不时会想一想这部电影，并且试图使劲回想起那次喝酒我们聊的更多的事。可我始终想不起来更多了，包括这部电影创作的一些相关事情，包括R说的另一个梦。

再过了一段时间，R大概慢慢空闲了下来，说要请我吃饭。

一去，桌子上还有七八个人，R介绍他们都是电影的其他工作人员，画画的、动画制作的、配音的……这电影把这些人盘活了，他们都诚心感谢R。

大家都很高兴，由衷的，都是为这部电影付出了心血也受益于这部电影的。只是我心里挺别扭的，说不出来为什么，有可能是太久没见R了，有可能是大家捧我这个编剧捧得让我挺害羞的。总之，我没太在这久违的酒桌上找到上次跟R喝酒的感觉。我本来以为R是找我单独喝酒的，就刚好可以再说说电影的事。虽然我也不知道我想说什么，可心里就是有那么些不明确的疑惑。

大家主要都在聊这部电影。有人说，我和 R 怎么那么行，就石头上干巴巴那么一幅佛像，怎么就整成了这么一场戏。不怨我是写小说的，满篇的话说编就编，跟真的一样。那些什么建筑啊长裙女人啊珊瑚贝壳的，怎么想出来的。

"不是四幅画吗？"

"什么四幅画？"

"你们之前在西北拍片儿，在野外场地里，看到了四幅石刻。"

"一幅啊，就一幅啊，哪儿来的四幅。"

"是吗？"我看了眼 R，他只笑不说话。

"那些对话不都是你和导儿瞎编的吗？就那么端端正正的一幅佛像，你们愣是编了这么多东西出来。"

不是四幅，是一幅。

其余三幅是 R 编的。

他还是骗了我。其他三幅要么是他编的，要么是他做过的梦。我猜是这样的。

R 还是太善良，他怎么能觉得我会因此而生他的气呢，我只是有点蒙。他看我脸有点僵，举起酒杯要跟我喝一个。

这样一来，大家都举起了杯子，一起为电影深深地干了一杯。

一件
不可挽回
的事

一

　　最近事情太多了，电话接二连三地响，好像都是些必须的交流，但是也不过那么几档子事儿。想想学生工作也怪没意思的，但是不能这么想，这么想什么都没意思了，不就完了。

　　可今天有个电话让我格外窝火，简直有毛病。也不知道是谁，估计是做事情的学妹，极其冒失，简直莫名其妙，打电话跟我问了个奇怪的事。

　　电话里，学妹不乏忐忑，小心翼翼，但也没能掩盖她的愚蠢和烦人。她问我一本《二十世纪西方文学理论》的下落。

　　这是什么意思，文学理论？我一个法学院的学生，有什么西方文学理论。我凭什么有这本书，这本书跟我有半毛钱关系吗？我忍住了脾气，在电话里跟学妹说这事儿可能她问错人了，书丢了不归咱们部门管。我正要问是谁带的她，她为什么知道我的电话，为什么要问我这个莫名其妙的事，她就吞吞吐吐胆胆怯怯地把电话挂了。

　　有毛病。

二

事情多的主要原因是一个活动，我们部门搞的一学期一度的校园公益，捐赠类的。大意是同学们拿出自己的闲置物品，把它们捐赠给困难地区的学生。我们部门的工作就是号召、收集、整理、寄件，把整个公益活动的对接环节做好。从任何方面来说，这都是个好事儿，只是操作起来又真的十分讨厌，充满着呛人的气息。

在接收、整理"爱心物资"这个环节，我们做的事可以说跟收旧货甚至收垃圾没有什么区别。这个捐赠根本不是热不热心的问题，大学生们在这个活动上历来很热心——他们不要的东西太多了，尤其高年级的，书本啊，旧衣服啊，乱七八糟的小零碎啊，反正他们有什么不想要平时又懒得专门处理的东西，都会在这个时候倾囊而出。我们作为服务的公益爱心团队，面对别人的热心参与和捐赠，我们能挑吗，我们能说同学请你自重不要把垃圾也给我们吗，我们能让人家把东西分类清洁好了再给我们吗？不能。

还好我是个管事的，具体操作是干事们的事儿，我只不过要在整体上感受那铺天盖地的物资的呛人气息。我们是这样安排的：宿舍区分布几个收集物资的站点，有专人负责。这个比较轻松，主要是别人时不时上门把东西送过来，负责的人也就不至于烦劳过多心力。但也正是如此，这种站点的收效是很小的，主要成了摆设，相当于一种广告，告诉大家有这么个事儿。最主要的物资收集方式还是另一种：上门收，也就是"扫楼"。每一片宿舍区安排专门负责的团队，几男几女组成，拎着几个大麻袋进入宿舍楼，一间一间地叫门，挨个挨个地介绍、挨个挨个地问，态度要极好。然后学生们翻箱倒柜拿出各种铺满灰尘、味道浓厚的乱七八糟的东西，我们的人就照单全收，把东西一股脑地放进麻袋里，还要面带微笑说谢谢，谢谢支持，谢谢参与，谢谢爱心。

学校批给了我们一个空房间，用来做临时的仓库。我检查工作的时候去过几次，不堪入目。可以说是个小型密集的垃圾站，有各种五颜六色的、男式女式衣物，以及各种被翻过多次的书本；灰尘，螨虫，气味。面对这个仓库我感到绝望，我们的公益活动就由这些东西构成。

三

由于学生工作的繁忙，我几乎没有时间用来谈恋爱。我最近看上一个女生，我想试着抽出时间来让她爱上我。她是学心理学的，我对这个专业没有什么想法，我喜欢她主要是因为她漂亮，有着聪明的眼睛。她带着点攻击性，眼睛总有点儿审视别人或者说管教别人的感觉，我知道这样的女性在现实生活中往往有着一般意义上的杰出。我这个人就这样，喜欢把事情尽可能往愉快有效果的方向上考虑，我都有点嫌弃我自己，但是还是得忍受，自己都不忍受自己那就完了。

为了跟这个女生有点共同话题，我找了几本专业的心理学课本瞎吞，这种东西最容易拿来聊了，只是我看得确实很不开心，我看不进去那些琢磨人精神的玩意儿，神烦。在去找这些专业的心理书籍的时候，我很无意地想起了那天的那通电话，也是关于专业书籍的，问我《二十世纪西方文学理论》这本书的下落的那通莫名其妙的电话。

尽管我尽量挤出时间，这个恋爱还是很难谈起来。因为女生也很忙的样子，每天围着自己的专业打转，我问什么东西能那么忙，她礼貌而轻蔑地回我：在忙专业课题。她的样子和语气，好像她从事的东西太专业高深以至于我不懂也不配了解。去她的。

四

在学生工作和恋爱都处于僵持阶段的时候，发生了一件事情，我们学校有个女生跳楼了。

这件事情，怎么说呢，听起来不免骇人，但作为学生我们都听多了。好像在重点大学，跳楼的事并不少，只是不能拿出来说太多。这样说显得我有点冷漠了，但其实不是的，我还是为那个女生感到惋惜的，我的内心也会因而产生一些波动，产生一种该有的对于生死的动容。但这些只限于我的内心活动，就我自己知道就可以了，我的精力放置不了这么多。

也就是说，有这么个女同学跳楼的事情发生在了我们学校。就是这样。

其后我还产生了一个我自己都觉得有点卑鄙的念头。诸如自杀的这种事，不能说跟心理学没有关系，我居然想着拿这个事儿跟我在追求的那位聊一聊，我想这样或许会引起更长的对话。但这多卑鄙啊，我一定要很好地把握分寸，不能让女生觉得我冷漠无情，不能让她觉得我在用别人的死亡来开启活人的话头和爱情。

但是公益活动的事还是在乱糟糟地进行，搞得我没法专心致志谈恋爱。各路收集队陆续回复，东西收得都差不多了，现在要做的就是分类整理。这真让人头大。

我再次来到了临时仓库，一种复杂暧昧的气味扑面而来，各种东西跟灰尘堆叠在一起，形成斑斓肮脏的小山。

有一个大一的小干事嬉皮笑脸地提出想从中拿一本他们专业的必修书走，我答应了，能就近处理一些就处理一些吧，也不是所有东西都要专门老远地寄给贫困学生的，留给本校的同学也未尝不可，物尽其用嘛。这样一来，之前蠢蠢欲动又不好开口的一些人就都开始翻找自己觉得可用的东西了。完全可以嘛。虽然现在看来这些东西都脏兮兮的，但用单独的眼光来看，它们都不乏用处。于是，我放任团队里的小干事们肆意挑选自己需要的、看得上的课本、课外书、包包、小零碎甚至衣物，反正他们爱拿什么就拿，物资多得根本也放不下。现场一度像一个地下旧货交易市场，众人在物资堆里翻找，那景象让我突然感到烦躁和无辜，我甚至想到了在这所学校有人跳楼自杀了。

五

大家把东西选了选后，依然还剩很多。我们用了很多精力和耐心才把最终的物资清洁、分类、寄送。事情总算告一段落，而我连续好几天都被仓库的混乱和气味支配，那些东西堆在一起让人害怕。

女同学跳楼自杀的消息自然要被盖一盖，大家都好像知道又不知道这事儿，但总有些轻飘飘的消息细碎地在学生中流传。大家最主要的还是猜测动机。这种事说起来可能没完，一个人不死则罢，一死，活着时的一切都成了别人口中的蛛丝马迹。据说也是这样的，女生活着的时候是个默默无闻的人，现在一死，什么琐碎的事都在被人传。

但是具体有些什么我也没太听说，如果我听说了，我可能会找心理学的女生聊，反正我现在算有时间了，能把恋爱谈起来最好。

没等我找到话头去联系心理学的那姑娘，她破天荒地主动联系了我，我还觉得是好事儿、是转折，结果她告诉我一事儿把我弄得有点儿蒙。

她说跳楼的女生比较特殊（她一副开棺验尸的专业人士的口气），我说自杀能不特殊吗，谁没事儿自杀啊。她不理我的接话，只说这个女生的跳楼可能有迹可循，有具体的东西在里边儿。她的语气和说法好笑，我不知道我为什么要听她像个判官一样在这儿瞎掰别人的生死，但她在给我"上课"总是好现象，多少表示她可能愿意把我纳入什么范畴。所以我接她的话，问她，那有什么可循的呢，有什么具体的东西呢。

她说是一本书，中文专业的，叫《二十世纪西方文学理论》。

我脑袋嗡了一下，但还保持镇定，然后我告诉她，我临时有点事要忙，先不跟她聊了。

六

我开始回忆接到电话的那天是几号，回忆大概是几点接到的那个电话，之后，根据时间，我在通话记录里找到了那个电话。我没有立刻打过去，而是对着电话发愣了一会儿。主要我不知道打过去问什么，但显然有些事情是需要问的，叫《二十世纪西方文学理论》的那本书好像是一把隐秘的钥匙，我不知道它是否关乎着一个人的生死问题。我应该问问。而最大的隐忧是：我在想这电话的主人会不会就是跳楼的女生。这个想法让我感到一阵寒意,我甚至有点不敢打过去了。

电话通了,有人接的那一刻我感受到一种久未有过的劫后余生。接电话的人还是那个怯生生的学妹没错,我在短时间的语塞后,灵机一动,直接像问家常一样不乏熟络地问:"学妹啊,书找到了吗?"那边显然有点儿蒙,可能连我是谁都不知道。"什么书?找什么书?""二……二十世纪……西方文学理论,那本书,你问过我呀,前两天你打电话问过我……"对方沉默了,我也不知道再说什么,所以电话陷入了僵局。但对方没挂,我也没敢挂,我有点儿慌张……终于在十几秒的空白后,对方回了一句:"不用找了。"然后她挂断了电话。

《二十世纪西方文学理论》,我可能见过,我的意思是,在临时仓库里,我好像见过或者听过这本书的名字。当时那里面书太多了,各个专业各个年级的。单说中文专业的书,就有古代文学、现代文学、现代文学理论、中西方比较文学……这些名字都好像听过,可以说得出来,所以我想我应该是在临时仓库里也见过那本《二十世纪西方文学理论》,而且很可能不止一本,而是来自很多人的很多本。

我不知道里面是否有一本跟我有关,或者说跟那个电话有关,跟跳楼的女同学有关。

我暂时不敢继续打刚刚那个电话了,按理来说,我就该去问心理学女生,既能解决我的疑惑,还可以跟她说话增进友谊。

七

我真不知道学心理学的那女生是怎么打听到那本书的,谁告诉她跳楼的事跟一本《二十世纪西方文学理论》有关的?

我都想直接去问她了，让她说一下她知道的线索。但是我忍住了，说不上为什么，在这件事上我很不愿意去跟她沟通对话，虽然这不失为一个打开我们爱情之门的钥匙，可我就是不愿意，我甚至觉得她有点儿烦。

　　自从她跟我说跳楼的事跟那本书有关之后，我就开始觉得这件事我有份——我接到过一个询问那本书下落的电话，我相信它们是同一本《二十世纪西方文学理论》。

　　我这个人挺无趣的，没什么爱好，也不怎么看书，但是看过几本侦探小说。公益活动的事也告一段落了，我现在变得有时间。我有点想自己查一查跳楼的女生，以及这本书跟她的关系。

　　你不要以为接下来会是一个非常详细的、完整的、充满曲折情节的侦探故事，我又不是写小说的。而且我看过的侦探故事不是那种典型的推理性的东西，而是气氛性的——故事并不紧凑，结局并不惊人，但是你看了会爱上书里面的侦探那种要死不活的调调，还会对自己的生活报以原谅和算了的想法。

　　我只能说，我尽我的所能得到了些关于跳楼女孩的细枝末节。细枝末节都是现实的关键，也是高级侦探小说的关键。我拿到那些细枝末节，觉得自己也像个面对生活走投无路的侦探。我要从何得知一个自杀的人的隐秘内心。

　　我顺着那些细枝末节，花了几个下午的时间，去到一些相关的地方，徒劳地在那些地方喝了好多杯咖啡，看了几页记不住的书，聊了几场偶然的、没有下文的闲天。遗憾的是，我没有从这些闲碎的日常里知道更多东西。

　　也没人找到我，要我对那场跳楼事故做一些说明甚至负一些责，没人再问我那本书的下落。也就是说，我并没有因为那个电话和那本书而沾惹上什么意想不到的麻烦。

我知道是我想多了，但是那个电话和那本书的事对我造成的心理暗示和压力都是存在的。

八

学心理学的女生联系了我几次，我突然没了兴趣，觉得她就是很烦。她也总是曲曲拐拐地想问我关于那本书的事，她已经把女生跳楼的事选作她的课题研究对象了。我觉得她真讨厌，我都在想象过不了几年她那成功而尖酸可恶的样子了。

所以我的恋爱没有了，工作也告一段落。书的事无形地压着我，我又无聊又焦躁，每天在学校瞎混，偶尔再去一下之前打听到那些细枝末节的场所，一无所获，就觉得自己更像个颓丧的侦探了。

在这样毫无进展的时候，我收到了一封陌生的邮件。

这封邮件能解开我的大部分疑惑，但好像又不免隐藏了更多事情。我不知道。

在给你们看这封邮件之前，我想先说说另一件事情。这件事不知道你们有没有兴趣，跟我的初恋有点关系。那已经是很久远的事了，在看到这封邮件时，那久远的、不值一提的事突然出现在了我的脑袋里。

那是高中的时候，我暗恋我同桌。她也没什么特别好的，可能就是我们每天相处得很愉快，时常笑在一起，所以我挺喜欢她的，她让我的学习生活显得很有意思，不孤单。

我不知道她喜不喜欢我，我觉得她应该跟我有相同的感觉才是，除非女性和男性的大脑和心灵真的有很大的不同，不然我想不出来为什么我们每天互帮互助快乐相处而她还会不喜欢我。

有一天晚自习，我同桌一改往常的认真安静。她在座位上东动西动，烦得我没法好好写作业。我问她在干吗，她停下来满脸愁苦地说，她的涂改液找不到了。

我以为什么大事儿。

我立马把我的涂改液丢给她，让她随便用，她竟然无动于衷，又说了一遍她的涂改液找不到了，然后继续投入找寻之中。

整个教室都很安静，偶尔有窸窸窣窣的说话声。所有同学都在做作业，就我同桌一个人在乱动，在座位上翻找她的涂改液。

一开始我没管她，丢东西嘛，是会一时心急想找到的。可是她找东西没个尽头，像疯了一样。她把文具袋拉上又打开，打开又拉上，拉链的声音急速来来回回搅得我心烦。我的桌子被她堆了一摞她的书，摇摇欲坠，她把抽屉里的书全部翻出来，想这样清算出她的涂改液。

我让她别找了，用我的就行。她不听。她做作业的时候也心不在焉，把笔使劲转。突然一下想起了什么，她就又在书里、包里甚至地上翻一翻找一找。

我真的有点儿烦了，把表情调整得很生气，告诉她别找了，一个涂改液找了一晚上了。

我声音确实有点凶，我有点后悔，想想不至于。但是她也没生气，反倒显示出如梦初醒有点可怜的样子。她小声地说，她的涂改液再也找不到了。

她这副样子我更加有点后悔了，就放轻了语气，跟她说先用我的，下晚自习再去买一个，大不了我买一个新的给她。

她好像也知道自己一晚上乱翻显得有点过分，所以慢慢把所有东西收回原处，然后安静了下来。

可她依旧很不开心，心里牵挂着她的涂改液，嘴里会用很低的声音念叨她的涂改液，甚至是啜泣。

我就又有点儿烦了，她这个行为任谁都会觉得矫情。我问她这个涂改液是不是谁送的，是不是有特别珍贵的意义。

她说没有。然后她补充，这个涂改液她用了很久都用不完，她觉得很神奇，所以很珍视它。她说《葫芦娃》里有一个酒碗，里面的酒永远也喝不完，那个酒碗是个珍贵的东西。我不禁笑出了声。

"意思你的涂改液也是个珍宝？"

"可能吧。"她没有觉得好笑，而是忧心忡忡地回答我。

我记得她低声胡言乱语说了好多乱七八糟的话。说她用了那么久的涂改液掉了，就会有厄运。长久跟自己为伍的东西是不能掉的，掉了就会有厄运。至少是厄运的前兆。

她让我认真地体会那种感觉：你曾经好好用过的那支涂改液，再也找不到了，不知道丢在这世界上哪个地方了。

我当时确实很难体会到她的痛苦。

而我现在，也不知道我的同桌在世界上哪个地方。这么体会一下，我突然有点儿伤心，觉得事过境迁，怀念起她的荒唐和可爱。

我在当时的第二天买了支新的涂改液给她，她没有很高兴，她心里应该还是想着她那支印有粉红猪和维尼熊的旧涂改液。从那之后我就渐渐不喜欢她了，她也越来越让我觉得神经兮兮。

这就是我要讲的跟我初恋相关的事，其实没什么意思。而我之所以要提起这件没什么意思的事，是因为我收到的陌生邮件。是这封陌生邮件让我莫名其妙地想到了我的初恋。

现在，我将向你们展示这封邮件的内容。

九

　　我早就感觉到了，不定哪一天，我就会把我自己逼疯。许多细微的事情折磨着我，是我自己给自己算的。

　　但是当着别人，很多事情都是没法说到位的，无处可说。就这次这个事，这个把我弄疯的事，我要怎么说呢。

　　它是一件垃圾一般的碎事，是毫无痕迹的，但不可挽回，致命；是我的信息和我的分离，是我和我的分离。

　　我自己都知道我的焦虑和绝望是无中生有的，但我控制不了。

　　他们那天来收东西，许多人一起进来，许多人也一起参与进去。因为是许多人，所以我有点儿慌张，这样一来我也就加入了进去，就好像我确实有一些用不上的、想要捐出去的东西。我在他们等待的目光中拿出一些课外书和一些以前的课本，连同一些小文具一起让他们带走了。

　　这个过程结束得很快，等到他们走了几分钟之后，我才感受到了无尽的不安和悔恨。

　　其实我没有什么东西想捐出去，我没有想过要把曾经属于我的东西无限期地转交给不知道的人，让他们继续去使用。我不知道为什么没有人觉得这个事情本身就有问题。而我却在慌张中参与了进去。

　　我当时只有一个感觉：就因为这个捐赠，我人生的所有信息、经历、情感，正好全都在被我捐出去的东西里。

　　而它们现在与我永远分离了，流落到不知道的地方、不知道的人手里。我自己可能会随着它们的流落而逐渐消散，最后碎成一粒一粒看不见的物质。

随着时间的流逝，那些东西的分散将会逐渐加深，而我也在一点点被消耗。

我感受到一种无从说明的、前所未有的威胁。

这听起来实在有点儿过分，有点儿造作，我自己在另一方面是知道的，可我控制不了。我的焦躁和绝望已经随不知所踪的书本走了好远了，走到了想象中的最坏的境遇里。那境遇比我的理智真实，比现实真实，包含我的所有矛盾和痛苦。

我在这样的痛苦境遇里胡思乱想，这时我的注意力集中在了那本《二十世纪西方文学理论》上，那是我在慌张的捐赠里，最后瞟到的一本书。

那本书是为了一次期末考试专门买的，在那门课的期末准备中，我不乏认真地看了那整本书，我记得它还挺好看的。准备考试的那几天，我泡在那本书里，既因为它内容的优质，还因为考试的需要。我边饶有兴味地看它，边在上面做着勾画和读书笔记。这就是关键，那本书确实有很多内容很精彩，所以我在看书备考的过程中，其实是很高兴的，在这种肆意的心情里，我不知道除了合理的读书笔记，我还在上面写了或者画了别的什么。

我不确定我是否习惯性地在课本前写了名字。如果是，那么我的名字和我的胡言乱语、胡画乱写就会紧密联系在一起，将我暴露。

其实我应该是不会在上面乱写的，你也看出来了，我是个很警觉的人，怀揣着对人世各方面微乎其微神经质般不必要的担忧，所以我其实应该是不会在书上留下任何带有后患的东西的。可我的焦虑不会因此止住，我只会往最不可能、最糟糕的境地去想。我甚至会想我会不会在上面留下什么奇怪的话，或者什么人的名字，或者谁的坏话

（可我从来不会干这样的蠢事）。我把全世界的人会在书本上可能写的乱七八糟的东西都加诸我身上，我快要炸了。

我的东西离我而去，慌乱中我未曾确定它的可见性；它将颠沛流离经多人之手最后落到一个不知名的人手里，那个人的状况我不知情，他是不是个讨厌的人我控制不了；它将携带着我的慌乱和不确定暴露在人们眼中成为垃圾……

为今之计，是把它追回来，这也是我现在最大的心愿。我现在要把那本属于我的《二十世纪西方文学理论》找回来，它现在灌注了我一生所有的恐惧和不安，我要追回它，也就是挽回我自己。

可要挽回太难了。找人帮忙对我来说又是一个大问题。可以说这个现实问题的艰辛超越了那本书在精神上对我的折磨。

我小心翼翼地找到两三个可以帮我问问那本书下落的人，过程辗转，收效甚微。这种找寻比我的想法本身还让我泄气。实际操作起来就会知道，这样的找寻是没有结果的，这件事确实已经没法挽回了。光在沟通上，我就不知道对于我的找寻应该从何说起。我很难把这件事说出来，没法说清楚，说出来有点好笑，我自己都没有信心。听的人也确实多少表现出不解和烦躁，好像我在跟她们开玩笑。她们的回应让我丧失信心，但最终还是有人答应了帮我问问。

但几乎没什么有用的反馈，我也不抱什么希望了，这件事只能我自己消化掉。但是事情总要有实际的解决，我希望我的焦虑和痛苦有处可放。

我想到的解决办法就是把整个事实描述出来，传达给一个与这件事密切相关的人。我具体也说不出来这样的解决方法能让我得到什么安慰和释然，但就是会觉得好很多。大概这就是"表达"或者说"交代"的好处。

我的想法之所以会折磨我，正是因为只有我一个人在承受它、跟它周旋。而如果我把它说出来，让它的荒唐展示在别人面前，它就会自然而然消散无踪影。它只会欺负我一个人，不敢在世人面前暴露自己。

所以我要把它说出去。我把它说出来它也就不复存在了。

与这件事密切相关的人就是你，整个公益活动的负责人。你现在收到的这封定时邮件，相当于我自己给自己设的命令和标志，我要给我自己时间。我给自己设了个期限，当这封邮件发出之时，就是我完全放弃这件事情的时候，这封邮件到你手里，就意味着这个事情总算有了着落，我将强制自己不再为它烦恼。世界上的事情太多，我确实不能被自己绊死，不能被这件在别人眼里无从说起的事绊死。

希望我说清楚了我的意思。这件事带给我的痛苦也就停止在了这里。

谢谢。

十

我带着疑惑和恐惧，把邮件来回读了三四次。

整封信不得不说相当怪异。可就我这几天被那个电话和那本书折磨的情况而言，我还是能理解她的，只是程度可能没那么深。然而最关键的是，在看这封信前半部分的时候，我以为这是一份"自杀说明"、一份不正式的遗书。可看到最后，按照她的意思，她显然只是在用她自己的办法解决问题。也就是说，至少在写信的时候，她是没有要自杀的念头的。

可现在，她已经死了好几天了。

我不知道该怎么表述这一切的复杂性。在整件事上，众多的线索和事实都在我面前铺展开来，可它们之间的逻辑关系甚浅。

这大概就是现实。

我发了很久的愣。

最后，我选择不去揣度在女生写信之后、跳楼之前的时间里到底发生了什么。或许有什么其他跟那本书毫不相关的事发生了，刺激了她的死亡；也或者她就是没控制好自己的想法和情绪，最终还是被那本书的下落击垮、被自己击垮。还可能是其他的我们不知道的、没法说的原因。

这些我都不去猜了。

在这些混乱迷惑的思绪里，那本《二十世纪西方文学理论》的样子出现在了我的脑子里，伴随着灰尘的气息。我好像知道我在哪里见过那本书了。

那天收拾东西的时候，第一个提出要拿几本书走的男生，我找到了他的联系方式。我告诉他《二十世纪西方文学理论》那本书我有用，希望他可以转赠给我，他也答应了。我果然没记错，我见到的那本书是被他拿去了。

书拿到后，我没有去翻。在众多被捐出来的书里，我不知道这本《二十世纪西方文学理论》是否刚好就是跳楼女生的那一本，我无从确认，也不想确认。我也不去看里面的内容、笔记、写写画画，按照那封邮件的意思，里面包含太多东西——一些在事实上并不存在但可以击垮一个人的东西。

我把书保存了起来，算是完成了跳楼女生的一个愿望，相当于帮她把她所说的矛盾和痛苦固存了起来，不至于在这个世界上到处蔓延。被保存起来的书让她的所有担忧都停在这里，不会再发展下去。大概就是这个意思。

　　我把书收好后，又打开电脑郑重地把那封邮件再看了一遍，尝试着感受了一遍她的痛苦。最后，我将这封邮件永久删除了，不留一丁点儿痕迹。

凡·高
的
耳朵

一根漂亮的槐木，质好色厚。我打量了它一番就提起了锯子。

　　处理木头是我的专业，所以我锯得很顺利。我当然不会因为我把木头锯得很顺利而心生愉悦。我感到愉悦的是这根木头本身，这根来自家乡的木头啊，它让我感到骄傲——毕竟什么土养什么树。

　　槐树，原产地中国，因此又名国槐。它集中生长于中国北方。在南方，它则喜欢扎根四川。

　　我爸就生长在一个叫"槐树"的村子。

　　前些天过年回老家，我认不得的那些亲戚们听我爸说我是搞艺术的，木雕最拿手了，他们就立马给我弄了根漂亮的槐木。我没好意思告诉他们我就是个学画画的，我只能接下馈赠说，那我就用家乡的木头给爷爷搞个长寿杖吧。大家觉得我的这个想法意味深长，对我表示了期许和赞美。他们肯定相信我是个长相清秀人也端正的青年，我是这么表现的，他们也这么觉得。所以我在一定程度上达到了目的，最终得以全身而退。

　　有人声。这点我确信无疑。即便锯木的声音足以盖过其他声音，我还是听到了人声。或者说，我感觉到了人的接近。

　　我毕竟是在木工房待久了。

　　这没来由的人声让我边锯边想道：槐木，也叫鬼木，传说可以附鬼。

门被推开了。

我的脚还蹬在木头上，手里还拎着锯子。我抬头看见两个男人，一个威严，一个清秀。我觉得他们是警察。

他们还真是警察。

见了真的警察，我自然还是先慌了一下。我没想过我这一生会与警察碰头，我是打定主意要这么安安全全地混下去的。所以见了警察我慌了，我怀疑他们知道了我那个安全过一生的想法是个长久的幌子。

慌归慌，我还是立即从自己的情绪和思维里跳出来，着手在脑子里过了一遍我最近干没干什么危害社会危害人民的事。

没有。我坚定地相信我没有干过什么坏事。这点我太有自信了。我成天待在画室和木工房里，我干不出来什么事，也就干不出来什么坏事了。

那他们必然是来找我"了解情况"的。可是我能了解什么情况呢？我成天待在画室和木工房里。

"你们搞艺术的就这样？"威严的警察在可下脚的地方象征性地转了转，摸摸木头看看作品。

他的问话是愚蠢的，我只能告诉他："我不是搞艺术的。我就是个学画画的。"

他转过头看了我一眼，没说话，我就展现出一个怯怯的形象，补充了一句："学生嘛。"

"过年不去玩儿，跑学校来……还真不好找你嘞。"他边说边笑，一副领导跟下属开玩笑的样子。我就又想了一遍。没有！还是没有！我绝对干不出来什么坏事。

"老杨你认识吧？"

"哪个老杨？"

"你们这儿的老杨啊。打杂的老杨。"

"哦，你说的是老杨啊。"

我不太喜欢别人把老杨说成是打杂的。老杨是个懂艺术的人，老杨才是个搞艺术的。他是个手艺精湛的木匠，一辈子做木活儿的年岁比我现有的年龄还多出一两倍——他从十多岁一直做到五十多岁。

他现在不做活儿了，不是因为做不动。按他的说法，现在都是大厂子开工成批成批地做。他说他不是工人，是匠人。匠人就得自己看、自己想、自己造，是独立的，不受干扰不受控制的。

所以他就把自己的铺子关了，经人推荐来到学校艺术系。学校给他的说法自然还是"打杂"，毕竟他没有资格没有学历没当老师。他在院里主要负责照看画室和木工房，有什么小事杂事他也都能干。闲的时候他就给我们做画架、修窗户、制凳子。有人还常让老杨帮着完成木工课作业，老杨都欣然接受。

"你知道老杨干了什么吗？"

肯定不是好事，不然也麻烦不到警察。可是老杨能干出什么不好的事？老杨也懒，跟我一样没事就待在木工房里，这也是为什么我能跟他说上话。

"我不知道老杨干了什么。他干了什么？"我表现出警察期待的急切、关心、无知。

"他把耳朵给剁了！"

......

"把谁的耳朵剁了？"

"他自己的。"警察的表情显露出他的不解和不屑。

我则悠长地回了他一声："哦——"

警察看我没有表现出应有的惊讶："看来你是真知道些情况了，还是……"他狡黠地看了我一眼，"跟我们走一趟吧。"

走一趟？去哪里？看守所吗？耳朵又不是我剁的。我在心里这样想，说出来的却是："可以。"

我也没问去哪里，只是把我心爱的槐木收好。

这个时候学校几乎没人，整个艺术学院孤零零的。威严的警察禁不住又说了句："你们这些搞艺术的啊……"我没法回他这句话，所以我就保持沉默。他在这空荡荡的院子里说了句没人回应的话，自然就有点儿尴尬了，尴尬了他就又找话说："那老杨，是不是有点儿问题啊？这里，这里是不是有点儿问题？"他指着自己的脑袋。

老杨是有点儿问题，但不是脑子有问题，也不是精神状况有问题。老杨是耳朵有问题。

一个周末，傍晚的时候，我赖在画室画油画。当时是秋天，天比较透彻，太阳要落下去之前，橘红的光穿过一整面落地窗照进画室，这种时候人往往比较单纯比较深情，相信活得还是挺美的。其实是比较脆弱。

我画的是海，橘红的光藏进一层一层的深蓝色的颜料里，光的移动使我产生幻觉，我看到画上的海水开始温柔翻动，晃出耀眼的余晖。我赶紧蘸了红色的颜料在光停留的地方添上几笔。老杨在这个时候进来了。

他拿着幅画。"你看这个。"我知道那幅画，前两天一个同学照着凡·高的自画像画的。"这个怎么了？""这个！"他手指着凡·高被纱布包起来的耳朵，"这个……这个人的耳朵怎么了？""掉了。""掉了？怎么掉的。""割掉的吧。用刀割掉的。""自己割的？""自己割的。"

老杨有点儿认真了："他为什么要割自己的耳朵？"

他这样问，显然很好笑，但我又无法不回答他。

我只能这样告诉他："有说是为了个女的，有说是他自己疯了割着玩儿的。就那么个意思呗。"

"就这样？"

"就这样。"

凡·高这个人，我初中的时候觉得他很酷很神秘，谁都比不上谁都够不着的那种。他简直不存在于我们之中。当时我是把他当个传奇来着，听说他头发很红人很丑，由于种种原因把自己耳朵割了，我就有点儿张牙舞爪了，我就有点儿心心向往之了。特立独行是每个正常小孩曾经的追求，所以我也有过这样的追求。只是我的追求不包括实际的行动，我也就只在心里想想。

我属于意识活动比较旺盛的人。心理活动取代了绝大部分实际生活。

但我又不是个理想主义者，更不是空想主义者，我就不是个什么主义者。

我说的，纯粹只是，形式的不同。

扯远了。说回来。

说我张牙舞爪了，说我心向往之了。当时我更愿意相信割耳朵的说法是第二种，也就是说，凡·高这人是有那么点精神问题才把自己耳朵给剜了的。精神病不是件什么丢人的事。艺术家都有些或大或小或隐或显的精神病——我当时是这么认为的。

大学读了美术系。专业学习的原因，我就找了几本凡·高的传记和他写给弟弟提奥的信。几本传记都没看完，写得没意思。信也没看完，但是蛛丝马迹全在里边。

凡·高的那些信告诉我这样几个信息：一、他是个呆板脆弱的人（或者说，某种程度上，他是个呆板脆弱的人）。这个特点在他前半生显得尤为突出（虽然他只活了三十多岁，分前后半生这种事对他来说有点残忍）。二、他很知道钱的重要性（这纯粹是事实总结，不带褒贬色彩。而且，钱，的确很重要）。三、他和一般男性一样，把爱情说得再死心塌地昏天黑地，始终还是会换着女人爱。艺术家的爱情并没有坚定高尚到哪里去。四、他不能算严格意义上的天才。

总之，他给我的印象也就完全脱离了初中时候的认识了。但这也没什么，就像我当时不把自己的心向往之表现出来一样，我现在也不会表现出来什么。

人不应该倾注太多有的没的的情绪在不相关的人和事上。

还有个原因：我们毕竟不知道真相——所有真相，完全的真相。我们不知道为什么凡·高要把自己的耳朵给剁了。

老杨给出了自己的猜想。他一脸神秘地说："你看他剁的是哪只耳朵？"

"左耳吧。"

"知道为什么割左耳吗？"

"不知道。"

"简单啊！"老杨一下站直了，"因为左耳朵比右耳朵高嘛！"

老杨说得理直气壮，说得真真切切，好像是凡·高亲自告诉了他这个我们都不知道的秘密：割耳朵，只是因为两个耳朵不平衡，不平衡就不爽，不爽就要解决。割左耳朵，只是因为左耳朵比右耳朵高，高了就要把它的气焰给压下去，就要把它给剁了。

这个逻辑有点儿精神病的意味。老杨把它说得很落实，不像瞎编乱造。

我当时就没觉得老杨有问题，所以现在也不会。我回答警察："他，没病。"我也指着自己的脑袋。

我们上的是普通的车，不是警车。这让我感到欣慰，毕竟上警车不是件光荣的事——那代表着社会对一个人人格的否定，至少已经在怀疑阶段了。我始终还是想安安全全地混日子。

清秀的警察开车，开得很稳。威严的警察坐在副驾，我坐在后座最左边，也就是驾驶座后边，这样我可以跟威严的警察拉开距离，我不想回答他的问题。

可是他还是问了，他问了我就得答。

不过他没再问我老杨的事了。他可能觉得问了我也不会好好回答。

"大春节的，就算不想跟家人一起玩，也该去跟女朋友玩啊。怎么就跑到学校来锯木头了……别嫌我粗鲁啊，我不知道你那锯木头该叫个什么好听的名儿，我看就是锯木头嘛。"他自己说着自己笑，旁边的年轻警察也跟着他笑了笑。我也就笑。

他不打算罢休："你不会还没女朋友吧？"他干脆转过头来问我。

我只能点头："嗯，没有。"

"怪不得说你成天跟那个老杨待教室里不出去呢，没个女朋友嘛。你们把木头当女的爱啊？"

他说的"你们"肯定是我和老杨。

老杨的老婆就常骂老杨把木头当女人爱，但是老杨没有，这个问题他自己说过：木头有灵性，我们用的木头最差也是长了五六十年的。木头比我们人长得慢，长出来了都是有灵的。它们无时无刻不在土里，无时无刻不在阳光下、夜幕里。它们对周遭看得全，埋得深。

人把木头拿在手里抱在怀里，人也会有灵。

他大概就是这么说的。有点故意，有点装模作样，有点自找意义，但是不无道理。

所以他说，爱女人是爱女人，爱木头是爱木头。爱木头有时就是爱自己。木头在变为器具变为工艺品的过程里，人参与其中，费心费力，那部分心力不仅放在了木头身上，还放在了自己身上。这也是老杨现在不做活儿了的原因，现在做的活儿耗不了心力，木头就做不好，自己也不舒畅。他反复强调，他是匠人，不是工人。

关于女人，老杨还说，哪里那么容易就找得到完完全全的爱。绝对的爱不是看一眼想一下就发现得了的。人在有限的找对象的那么几年里，是难得真正找得到绝对的爱的。人不像树，愿意等，等得到。人总要找人恋爱，找人搭伙过日子。

也就是说，老杨的老婆可能就是老杨在需要恋爱的年龄里出现的一个相对合适的人，他们有了爱慕，有了事实上的爱情，然后自然而然搭伙过起了日子。之后漫长的婚姻岁月里，双方免不得磕磕碰碰小吵大闹。这不妨碍他们要在一起继续过下去。

老杨说，后悔是肯定有的，不过，除非他放弃正常人的方式存活，否则他就必须要对自己的选择负责。真实生活中的爱情就是这样，并不是电视剧演的那样，只有一种可能一个层面。

老杨就是这么个人，不浅薄，但也绝不深刻，他只是有了某种标准，所以生活得比较自信坦然。

我想着老杨的话就忘了与警察的对话。他看我还是不说话，就尴尬地拍拍司机的肩："我们这位新同志也不比你大几岁，说着说着人家可是就要结婚了。"清秀的警察笑了一下，很幸福的样子。他肯定感觉到了老警察的尴尬，就附和着说话："是该谈谈恋爱。"俩人都说话了，我就不好意思不说话。我自嘲式地回应："没合适的。"然后就是以老警察为核心而展开的关于恋爱结婚的闲话。我想，他们带我去的地方也就不会有多么恐怖了。

说这些爱情闲话的时候，我倒是有点想问问老杨的情况了。

我想，老杨还真干了这件事。

当时老杨说凡·高把左耳给剁了，是因为左耳比右耳高。他这个说法乍听起来很荒唐很没来由，像个孩子说的话。就好像一个孩子说他手臂不舒服，你问他为什么不舒服，他说因为被蚊子咬了一口。

孩子说得很实在也很真切，贴近事实。所以再想想老杨的话就觉得他真是神奇。是的，神奇。

凡·高割耳朵这件事，像每一件发生在艺术家身上的逸事一样，被人拿来探讨研究，形成文字上的众说纷纭，因而显得更加扑朔迷离、不同凡响。所有的说法都在向精神层面靠近，比如有关爱情的，比如有关艺术困境的，比如有关自我发现、自我封闭的……

老杨在一百多年以后却给出了这样莫名其妙的答案，他把问题本身简化成身体上的不平衡。这样的解释不是完全不合理，但我认为他不会凭空就得出这么个异想天开的结论。果然，他说他自己就两耳高低不齐，而且，他也是左耳高于右耳。所以他说他看到这幅画的时候就莫名地觉得耳朵舒服了一下，好像那瞬间自己的左耳气势也被压了下去。

这就是我说的老杨有耳朵方面的问题。

老杨当时给我来了个看图说话，他指着自己的耳朵，同时指着凡·高的耳朵，讲述着它们的高低不齐。我觉得他讲的全部都合理。合理且有趣——老杨就是个很有趣的人。

可是老杨告诉我，至今为止，只有我相信了他的话。

老杨由此讲述开去，事情就变复杂了，变严肃了，变得万分痛苦了。

按照老杨的说法，耳朵这个事情是他在读书的时候发现的。戴眼镜的头两年他还没觉得有什么，渐渐地就发现了问题。

　　什么问题呢。他也说不清什么问题。他年轻的时候是很好看的，可是戴眼镜之后他觉得自己长怪了，眼睛不对，好像两边眼珠子位置不一样了，眼神飞了。一种厌恶之感迫使他寻找原因。他在镜子里认真打量，看着走了样的眼睛，看着走了样的脸，鬼使神差地他就把两只手分别放到两只耳朵上。

　　不一样的触感使他震惊。

　　他也不相信会有人两只耳朵长得不一样。

　　这件事情如果未经发现，老杨的烦恼就还是莫名其妙的，模糊的，自找的。可它一经发现，就点醒了老杨，令他继续深入地发现了自己身体本身潜藏的秘密：不平衡。别扭。

　　他反复跟我强调，他不是在乱说，不是在矫情。他说左耳是他身体的叛徒，是肇事者，是个起义的人。它是分裂的源头，是个邪恶的开关。以它为首，自己身体的整个左半部分"高"于右边。这个"高"不全是"高"的意思，比如说，他的左眼视力就比右眼好，比右眼看得清楚。比如说，他的左边的牙齿比右边的牙齿整体排成的形状要圆润突出，所以他的左脸比右脸好看。还有，他的左肩高于右肩。他觉得他的左腿也比右腿灵活一点长一点。

　　也就是说，老杨整个人处在极度的不平衡里，这些不平衡真实存在却又不能被人一眼就看出，这就是老杨造孽的地方。

　　老杨说，那种感觉是没法完全说出来的。说出来又不会有人信。

　　但是他还是挖空脑袋尽力给我描述了一番。我可以根据他的说法用我自己的语言转述一下。

　　这种难受神出鬼没。

我常常会忽然烦躁起来——我把左手放在左耳上，把右手放在右耳上。我清楚地感触到不平衡：一边高一边低，一边高一边低，一边高一边低。我这样感触着，想着，然后我感到我的五官开始扭曲，它们随着左右耳的失衡而不安分起来。

　　我用左手使劲按压左耳，企图让它与右耳的触感一致。我用左手小指在左耳上面来回切割，我想象小指成了一把锋利的刀。

　　可恨的是，左耳没有因此而有半点低头，与此同时，备受保护的右耳还在偷偷地、悄无声息地下降、低头、卑微臣服。

　　每次上课看黑板，我都清楚地感觉到两边的眼镜骨架不一样高，它们的不一样高带动镜片的不一样高。眼镜是一个系统，它架在耳朵上，压在鼻梁上——我的整个面部因此失衡。我感到一边的镜片安然无恙，一边的镜片却在忸怩翻转，它让我近视了的眼睛不能找到治愈的窗口——那个正确的焦点。

　　我的右鼻翼被狠狠压着，以至于每次取掉眼镜，我都能看到右鼻翼上有个明显的红色压痕，有也罢了，可气的就是：左边没有！长此以往，我的右鼻翼越来越塌，而左鼻翼依然挺立。

　　我总是要不断地去扶我的眼镜，右边一塌陷，我就要把它扳转过来。我死命地压制左边抬高右边，哪怕造成另一种不平衡——右边高于左边。

　　我把右边举得高于左边的时候，我是痛快的。可是痛快是短暂的，而且它将换来更加残忍的不痛快——右边总会更深地跌进悬崖。

　　从戴眼镜起，我的左眼视力基本保持不变，而右眼视力则急剧下降。我清楚原因：我无数次地扶起右耳架，又无数次地任它落下，我的右眼就这样每天适应着镜片的不同角落，它就这样每天对应着不同的度数。它因此变得迟钝、浑浊、丑陋、呆滞。这样的右眼基本上是废的。

我为我的废眼感到绝望。我绝望的是我没有任何拯救它的办法。

老杨自己是尽力了，尽力了没用，就只能在别处寻求安慰。他把这样的绝望告诉他的妻子，妻子不以为然。

老杨问我："你是不是也不以为然。"

我说我没有，我说我相信。我还说，你可以去医院看看。

老杨对我的相信表示了些惊讶，对我的提议更是有点热泪盈眶了。他说他当然想过去医院。他当时觉得这种平常人（所有不相信老杨的人）不以为然的难题，只有交给专业的医生才能解决。

他让老婆陪他去医院。老婆问他干吗。他说看耳朵。老婆不屑了一声，说他又乱来。他说要看要看，看了两边耳朵就齐了。老婆一副聪明的样子说去眼镜店矫正一下镜架就行了。他生气地说这不是眼镜的问题！老婆说那是什么问题。他说这是耳朵的问题！老婆说，笑话！

每次说要去医院，都会演一遍上面的对话。然后老杨就很丧气，就有一种说不出来的愤懑。然后他就觉得，就他妈的这样吧。就没去医院了。

可是困扰不会因此也消弭下去。耳朵毕竟还是一边高一边低。

那个傍晚老杨向我述说了好一阵耳朵的事情，最后到了晚上关门的时候，他问了我一句："你说这男的叫什么来的？""什么男的？""剁耳朵的这个呀！"他指了指画。

"哦，他叫凡·高。"

我在车上回想着这些，也就没注意听俩警察在和我说些什么经验之谈。等我回过神来，听到的是威严的老警察的问题："你说你想找个什么样的啊？你们搞艺术的想找的是什么样的？"

老杨给我说过，你要是真想等最对的人（当然啊，你要真想等最对的，你可能是等不到的啊），你就得找个相信你的女人。耳朵不一样高这种事，你说了她就得信。不然你就好好找个合适的过日子，她不相信你耳朵不一样高……她不相信……她不相信……她不相信的话，也可以（他说"也可以"的时候显出一副无奈又洒脱的样子）……也可以嘛。她至少跟你一起过了那么久嘛！

我觉得俩警察给我说了那么多（虽然我没注意听），我实在该回人家一两句，我就说："相信我的人。"我这么回答是觉得老杨说的话有道理。可是我的这个回答似乎没提起老警察的什么兴趣。那个关于爱情的话题也就不了了之了。

我往外面看，外面倒是热闹得很，过年的劲儿闹得很足，满眼的红色装饰，店铺都喜庆活跃。人来人往，彼此融洽。老杨怎么就在这么个时候想起来把耳朵给剁了呢？

我回过头问老警察："老杨……那个……是个什么情况啊？"

"是个什么情况，这不是要带你去问问嘛。人家家人交代的，说你……说你知道情况。"

"我知道什么情况？"

老警察转过头来，意味深长地看了我一眼，然后转回去："不瞒你说，这个，自己把自己耳朵剁了，这属于自残，本来不该我们来管的。可是当时他老婆吓到了，家里吃饭的亲戚朋友也吓到了，不知道谁就报了警。我们赶到医院了解了情况，他老婆说他割耳朵是有人教唆的……其实情况也算恶劣，你想啊，大过年的，活生生一人莫名其妙地就在人面前把耳朵给剁了。多吓人啊，血流得满地。当场就有小孩吓晕了。他们家一大群人打120的打120，打110的打110，全乱了。一屋子人叫得跟疯狗一样，把小区邻居也吓到了……都威胁到片区治安了。"

老杨老婆说的教唆的人应该是我。她经常听老杨说我。老杨在家耀武扬威，说大学生就相信他耳朵不一样高。

"我关注的是，老杨是怎么就在那么个情况下，把耳朵给剁了。"

"你问的是案发现场嘛。这个案发现场呢，就是一大家子在他们家团聚。准备饭的时候，那个老杨呢在厨房切卤味。之后他叫了一声，他老婆进去，看见案板上是卤猪耳朵，一半已经切成了一叶儿一叶儿的耳叶了，一半还没切。地上就是老杨新鲜切下的耳朵，血呼呼的。老杨拿着菜刀。"

也就是说，老杨在过年高兴的时候，切卤味准备饭菜。他切到猪耳朵的时候，切着切着……就把自己的耳朵给剁了。

警察笑着说："这老头儿，切着切着猪耳朵就发神把自己耳朵也给切了。"

是有点好笑。

但又不太好笑。

其实割耳朵这件事，对于老杨来说早就不是割不割的问题了。这只是个时间的问题。我们看来整件事是毫无由头毫无征兆的，那是因为我们从来没有身在其中。再者，老杨自己也不需要去酝酿筹谋这个事情。对他来说，耳朵不齐这事儿已经给最亲的人说过很多次了，说了一辈子，没用。没用怎么办，自己先搁着。哪天耳朵一不舒服了，自己情绪来了，拿起刀把耳朵割了就是自然而然的事。要说这个跟离婚倒是有点像。男人女人过得风平浪静，可是男人渐渐觉得女人不那么聪明不那么动人了。女人俗起来了，话多起来了，举止张牙舞爪了，说话流里流气了。反正越来越不对劲了。哪一天男人平静地提出离婚，女人先是五雷轰顶，然后发疯似的寻找问题所在，比如她会首先想到男人有了外遇。女人不知道，一切都只是个时间问题。

其实这个比喻不太恰当，但这个比喻让我想起了老杨和他老婆关于去医院割耳朵的争论。

老杨还年轻的时候，是在积极想办法解决问题的。他想要去医院让专业的人帮忙，反反复复多个回合，老婆终于答应陪他去医院看。至于老杨这么大一个人了为什么一定要老婆陪着他去看医生，他是这么跟我说的：他觉得耳朵不齐这件事说出来的确是很怪。也就是说，他虽然很想去医院解决问题，可他也觉得医生听了这样的话，会笑他。

医生没笑他，只是让他去眼镜店矫正一下镜架。老杨愣了一下，然后听到老婆在旁边跟着起哄："我就说了去眼镜店矫正嘛。"老杨不服气，坚持自己的说法，医生就不耐烦地告诉他，每个人都多多少少有不对称的，比如每个人左右手就不一样大。

所以说，这个问题不是专业不专业的问题。专业的人对最明显最直白的怪问题，还是会自然而然地把它当怪问题。专业的人也是平常百姓来的。

说到这里的时候，老杨极度不满极度不解地问我："要是每个人的耳朵都不一样高，他们为什么没感受呢？我的感受这么强烈，不，应该是说，我的痛苦这么强烈，那是为什么呢？"我说我不知道。他就说："我分析啊，两个可能。一呢，就是我的不对称要严重些，耳朵的病很厉害。二呢，就是我自己心理的问题，心理有病。可是呢，我心理没病啊，我好得很。所以，那明明就是耳朵有问题嘛。庸医！"

自年轻时的那次问诊后，老杨老婆有事没事就拿这事儿压他。比如煮饭放水，老婆说放两碗水，老杨要放三碗，老婆就告诉他，你又不听我的，医生跟我说的都一样，你又不听我的，不听我的怎么样。

老杨觉得很憋屈。那个庸医!

老杨说,就算现在有真正好的、专业的医生能医好他的耳朵,他也不去了。现在这个问题已经不是解不解决的事儿了。医好了也没用,那么一下被医生医好了,那我几十年的痛苦算个什么。

按照老杨的说法,耳朵的不平衡已经是他自身的一部分了,就算是痛苦的、折磨人的,那它也跟随老杨大半辈子了,有了老杨的脾气,包含了老杨的生活。可以这么说,虽然它就是痛苦本身,那它也跟老杨一起经历了这痛苦。现在要是交给一个医生用高科技手段随随便便就给解决了,那他妈的就是个笑话!

所以老杨再也不去医院了,也不再跟老婆嚷嚷着要割耳朵了。

耳朵一难受了,心里一烦躁了,他就自己消化。就过了几十年。

所以说,老杨在新年切猪耳朵的时候心血来潮把自己耳朵也给剁了,不是件多么好笑的事儿。

车停在医院。警察把我带到老杨的病房,大意是想让我在老杨老婆面前对个质。但是对质还没开始,老杨老婆就被老杨吼了。然后警察做了几句指示做了几句训导干巴巴地走了。

最后老杨留我一个人坐下。我坐下首先认真看了他的耳朵,还真有点像凡·高画的那样,整个脸围着厚厚一层白纱布,隐隐看得到左耳朵的白纱布浸着药,可能还浸着血。

我问老杨是怎么把耳朵剁了的。老杨做了个手刀在我面前比画,他边比画边说:"手起刀落!"

然后我们就聊天,可是聊得不太自然不太愉快。我们最后一致认同,我们适合在木工房聊。

老杨问我过年这些天都在干吗。我告诉他我得了块好木头,正要弄根拐杖。老杨说他可以帮忙。

最后我们告别。我都走到门口了又折回去，我总觉得来这儿没问什么点子上的正事。所以我再次看了他的耳朵，郑重地问了他一句："这布取了之后，肯定很怪吧？"老杨说："我以前也只想着总有个时候要把这耳朵给剁了，完全忽略了接下去的问题……可能是会很丑。""以前两边耳朵不一样高，人家是看不出来的。现在干脆一边有一边没了。"我笑老杨。

我又手拎锯子脚蹬木头做起活儿来。我看这块槐木这么完整这么大，做根拐杖还绰绰有余。打量几眼之后，我在这木头上看到了老杨的脸，看到了老杨的耳朵，我就试着刻了起来。

老杨受了一辈子左边的歪气，左边可把他压惨了。现在好了，现在贼王左耳被拿下被打压，气数已尽，老杨该痛快多了。我用各种工具在这块质好色厚的木头上凿凿刻刻打打磨磨，木头渐渐显出了老杨的相貌。整个面部显得扭曲，扭曲以致灵活——好像这张脸不是木头刻成的，而是活生生的，会时刻变化的。我不禁为我的手艺感到骄傲，毕竟什么土养什么人。

老杨养好耳朵就跑木工房来了，他说他要帮我做拐杖。

老杨拆了纱布的左耳没了，留在那里的是坨扭怩变形的肉瘤，肉瘤中间有个肉洞，那是用来接收声音的。老杨的听力在医生的专业救治下没受到太大影响。老杨还说，耳朵本来还是可以接回去的，他老婆第一时间把耳朵收起来冻在了自家装满各种肉类的冰箱里，然后被医生专门收好。可是老杨在思考之后坚决不同意接耳朵。剁都剁了，接回去干吗？接回去就是个笑话！

我告诉老杨，实在是太丑了。老杨说，没办法。

老杨让我把木头给他看，我说用了。他问我用去干吗了。我说整块雕了个半身像。他说他要看。我就走到他后面把靠墙的绿绒布揭开："弄成这个了。"

老杨看到《老杨》的时候，表情绝对像是在照镜子。其实老杨看上去和《老杨》并不像，老杨怎么可能真的就是面容扭曲的呢？

老杨看了《老杨》很久，最后对它不置可否，转身跟我说起了其他。

我在征求老杨同意后，把《老杨》拿去参加了个比赛，它竟然得了奖还被展了出来。

老杨要我带他去展场看。展场有很多优秀的作品，可《老杨》面前围了格外多的人。大部分人都会指指《老杨》没有耳朵的左边脸。老杨则给我指了指雕像下面的作品名字《老杨的耳朵》。问了才知道，这是主办方根据观众的反应对名字做的修改。我和老杨都接受了。

出来的时候，我问老杨为什么始终都不说说感受，老杨斜着眼看我，讳莫如深地说，他在木工房看到《老杨》第一眼的时候，就有一个强烈的感受。我问，什么感受。

他搭着我的肩膀边走边说："我很想扯一扯《老杨》那只孤独的右耳，或者，把它也割下来。"

一次

游戏里的

谈话

一

　　我的电脑已经不太能运转了，其实没什么毛病，没摔没碰的，主要就是太久没用了。虽然我不爱骂人，觉得骂人挺不好的，但是就这一点上我必须得说，电子产品还真是贱，你把它好好放在那里，保证它的洁净，勤打扫，它并不会因此好好的。要让电子产品保持正常，你就必须用它，过度使用都比闲置好。

　　电脑里东西也不多，但我是电脑白痴，所以只能用清理内存的办法来解决它运转不动的问题，很难说有没有效果。

　　因为我是个有收拾的人，所以即便电脑很久没用了，清理起来还是很容易的，有章有节。当然了，我说的清理就是单纯地选删东西。

　　删到最后的时候，我在"义务教育"的文件夹里发现了一个视频。我很蒙，我应该是没存过什么视频文件的，没这种印象，一点儿想不起来会有什么视频文件放在"义务教育"的文件夹里。这个文件夹就是放些大学以前中学阶段的东西，不足为道。我有点儿好奇，点开了这个没有任何印象的视频。

　　点开看了几秒，我就明白这是个什么东西了。兴奋和好奇都没了，换成了惊喜和感动，以及包裹这种感人情绪的复杂心绪。画面挺暗的，渐渐亮起蜡烛的光，一个生日蛋糕，同时有人的声音响起，但是看不见人，人没出镜，出镜的只有蛋糕和角落一只不大的毛绒玩具。

这是一个庆生的视频，也是我收到过的唯一一个庆生的视频。录制视频的人声音挺抖的，小心翼翼，感觉得到包含了笑意。他说离我太远了，只能自己买一个蛋糕远程给我庆生，然后镜头专门给了一下旁边的毛绒玩具，眯眼笑着的，说觉得像我，就买了，到时候会寄给我。蛋糕上的蜡烛在视频里闪着很跳跃的光，有点儿像眼泪含在眼睛里不掉出来的跃动感。他说了简短的几句生日祝福，然后开始唱生日快乐歌。这个过程其实十分尴尬，我因为隔着屏幕看，就都还好，他录的时候估计应该觉得自己很像白痴。他举着镜头对着蛋糕，分别用中文和英文两种版本不疾不徐地唱完了生日快乐歌。他说话本来就慢，唱歌也是，所以听完两遍生日快乐歌，这个视频也就接近尾声了。他说话就不多说了，反正就是祝福，我体会得到其中的真切，他一个人在镜头后完整地唱完中英生日歌就已经饱含了他愚钝又真挚的情谊了。他后面还笑了，说录完视频他还得自己把蜡烛吹了把蛋糕吃了。我记得他跟我说过，他厌恶吃甜点。

关掉视频后，我发现我看这个视频的时候是笑的，有点儿绷不住的笑意，带点儿年龄大了对往昔的一切没有复杂情感的笑。

这个视频是我大一的时候收到的，距离现在有四五年了。那个毛绒玩具本来一直放在我宿舍桌子的角落，毕业的时候我和室友把带不走的东西收拾了一些拿去毕业跳蚤市场卖，那个娃娃没卖掉，我送给了一个经过的小孩儿。

我的一个大学同学Z，在毕业没几个月的时候被劈腿了。直接原因估计是异地，她男朋友在香港读书，在新学校劈腿了。她消沉了一段时间，把挺好但是很累的工作辞了，她说还是读书好，所以准备了半年的雅思，然后重新开始读研了，也是去的香港。

其实我们俩大学的时候关系并不特别密切，当然了，现在也不能说密切，我身边好像没有说得上关系密切的人。我对人和人之间的密切关系是质疑的，小时候没感觉，小时候只会单纯不明白自己为什么没有别人演绎的那种亲密同学、亲密朋友、亲密家人、亲密爱人的各方面关系。小时候对一件事一直持疑：大家都是怎么相互勾搭在一起的。这里"勾搭"没有什么贬义，或者这么说吧，大家都是怎么互相建立起亲密关系的。我一是对这个操作不太清楚，二是从根本上质疑这种亲密关系的真实性、有效性、永久性。

但其实我的个性并不是真正无聊闷钝的，我是天蝎座，天蝎座要跟人聊天是不会无能为力的。我是毕业期间开始关注星座的，以前根本不放在眼里，后来突然觉得挺有趣甚至挺准挺有道理。

Z的劈腿前男友是白羊座，为了安慰她，让她更加顺利地走出被背叛的阴影，我曾在她分手的那段时间跟她一起讨论批评了她的前男友以及整个男性白羊座群体，这就不要管讲不讲道理了，反正这种安慰一定是很有效的。

也就是这样，我们的友情容易近一步，虽然没有密切频繁的联系，但是互相的日常算是有沟通。我鼓励她到了香港读书要找一个更好更帅的男朋友，帅很重要，这是我们的共识，我们把长相放在第一位。我请她帮我也留留意，这算玩笑话，因为我对介绍对象这个事保持的态度一直不乐观不积极，但是也没办法，大家和我妈说得都对，离开学校之后，谈恋爱主要就靠朋友介绍了。只怪我没有抓住机会从小早恋。以前没感觉，现在用脚指头想都知道，早恋是多么美好多么值得的事。

Z在香港的求学生活里，并没有遇到什么帅哥，这太可疑了，但是想想也算了，世上帅哥那么多，你能遇到的概率的确并不大。Z那么好看，在香港那么快的城市里都没能谈上恋爱，我能说什么。

不光我们俩，我们身边的人，尤其我身边的人，聊得上天的朋友，几乎都是单身。我朋友都挺好看的，但都长时间单着，或者刚分手不久单着。我觉得所谓的"吸引力法则"和"磁场"是有一定道理的，我仿佛置身于一个单身磁场，我自己和身边的朋友都被这磁场深深地干扰着。

二

那天Z突然说"吃鸡不"，我说当然可以，因为我一直还保持着每天都玩。我发现我这个人挺好的，玩游戏就是玩游戏，对游戏的感情很单纯，不会因为身边人的参与或退出而动摇。我要玩这个游戏，那就是因为我喜欢玩这个游戏，不会因为谁要玩我才玩，也不会因为谁不玩了我就不玩了，不然显得人际关系和人间玩乐都特别潦倒，把游戏搞得很卑微。

我们开了语音，双排，她给我讲了几则她香港朋友荒荒唐唐男男女女的关系和爱情，太戏剧化了，反而不中听，也可能是她讲得不够精彩。我裹着厚衣服盖着小毛毯窝在沙发上，觉得一切都很安全很温馨，可能冬天的温暖场景确实容易催人回忆往昔，就像西方故事里大家坐在火炉边，房间安静得只有炉柴哔哔剥剥的声音，这个时候就会有人开始讲述关键性的故事。

我说我可能错过了一个摩羯座。她问什么意思。我说其实我上学的时候还是遇到过可以谈恋爱的情况的。她说从来没听我提过，一点儿不知道。我说是，我不想说的事，是谁都不会知道的。

现在我来讲这个事，不仅对 Z 来说是一个新故事，其实对我自己来说也都是新的，有距离感，不熟悉，不连贯，很泛，值得细细回忆和串联。

我是这么开始讲的，我说当时我的分数就比重本多几分，他得知分数后来问我，我说了情况，他说要不要他跟我报一个大学，我说你多少分，他说北大和清华招生的这几天在找他，他想看看我报的什么学校。

其实那次报考交流，是我跟他分班之后仅有的几次交流之一。我们高一一个班，高二分班，我文科他理科，就没什么联系了，有那么一两次联系，后边儿再说。总之高二高三在我看来我们几乎就是陌生人，没任何交集，在我考得很差失落地选学校的时候，他突然出现在网上，问我要填哪所学校。

"这个事儿里还有个很尴尬的地方。"

"怎么呢？"

他说北大清华招生的都在找他，我当然是先恭喜他了，默默无闻地就上了清北线。他说他就是冲着北大的线去考的，我说是，好志气，其实心里很难受。他说不是那个意思，他冲着北大的线去考，是因为看过我写的理想大学是北大，北大中文系嘛。我挺诧异的，我说你怎么知道北大中文系的，他说趁大家在宿舍午休的时候，他翻到我教室里去看过我们班张贴的"理想树"。他说他想大学跟我在一个地方。

我听了更难受，主要是觉得造化弄人，自己想念的学校，自己考不上，别人为了"爱情"，就能悄没儿地考上好学校。当然了，这种话不能真信，谁不想往清北考，不能他考上了说是为我考的就是为我考的吧。但是他又真真实实地问我，要不要他跟我报一个学校，我当然不可能让他用清北的分数念我要报的本省重本，我说你还是该报什么报什么，多问问你爸妈的意见。

这件事上，我当时主要还是难过，沉溺在自己考差的痛苦挫败里，其次才是感动和诧异，诧异多于感动，我没想到他这么闷的一个人，有这种暗戳戳的心思和毅力，两年没有交集的学校生活后，他还能再来找我说要念同一所大学。

我感觉我讲故事撞到了一个盲点，我本来一时兴起想跟 Z 简单讲讲这个我理论上算是错过的恋爱对象，但是真正开始讲了，我才发现我所讲的那些过去的事实都充满了感人的效果，它甚至最先吸引到的是我这个讲述者本人，而不是我的听众 Z。我越是要去寻找事实来讲述，越会被我的记忆感动到，被它们感染，以一种全新的姿态对待我所经历过的事情。

回忆这件事确实充满魅力，你不知道你在其中会确切地遇到什么。

我们继续玩着游戏，但是主要都专注在讲话上。我们不去找人拼枪，完全是边缘玩法，躲在没人的地方随便捡装备，在房子、草地、旷野间没有斗志地跑来跑去。我知道 Z 找我玩游戏的目的本来也不是玩游戏，因为她平常就不怎么玩，她也说过她已经很久没玩了，她就是来找我聊天的。

她问我，那摩羯后面去了哪个学校，我们后面还有联系没。

我说去了北大，后面也有点儿联系。然后我没接着讲，我想了想，说，你怎么不问我我们高中的事儿呢，我想讲高中的事儿。她说想先听个结果，有个轮廓。我说没结果的事儿要什么轮廓，先讲中听的吧，我讲起来也有点儿感情。

这个时候我们俩在游戏里都死了，有点尴尬，不知道Z还想不想听，不想听我也就不讲了。还没等我问，她说我们继续开，你也继续讲，我说好，我就又点了"开始游戏"。

就先说他考到北大的事。一般情况下，一个学校里哪些人能上清北线，不管老师还是同学，都是有数的，比如某某某是个常年排在全校前十前二三十的，那这个人几乎全校都知道，这样的人考上清北就是很合理的事。结果也确实是那样，虽然我考得差，无暇顾及别人的分数，但是谁谁谁上了清北线是不想听也会听到的。R就不太一样（我们把这位摩羯座称为R，因为不方便一直叫他摩羯，太蠢了）。R根本不是常年在榜的那种闻名学霸，虽然我们高二高三不同班，没什么联系，但是不管文理科，成绩突出的那号人是谁谁都知道。R甚至不是老师眼里的优秀学生，是不被看好不被关照的那种人。我一度以为他是无心学习的人，对分数和未来没有什么明确灿烂的想法，直到他来问我报什么学校，我才知道他暗戳戳就可以上北大了。

我记得很清楚，高一的时候，他最容易被逮到上课睡觉的课就是物理课，但他后来念的就是北大的物理系。大学的时候，他曾经给我发过一个软件，用来看星空的，具体是怎么回事我忘了，只记得有这么个画面，电脑上是星星点点连成线的银河宇宙，鼠标可以拖动上面的东西，怎么细致研究和观察我不清楚，他可能在网上给我讲解过一点儿。

回想起来，我不好说R可能正是适合我的人，但一些具体的事件和特点让我觉得我以前可能没有正视他潜在的优点。我不是说我看轻他、不把他当回事儿，我意思是，我可能在一味的拒绝中忽略了他确有其事的好的方面。我那个时候实在没有一个谈恋爱的脑袋，脑袋里没有爱情这回事，没想过两个人的相处，导致我当时整体上呈现出不可思议的无动于衷。放现在，他的种种举动和长期表现不乏可以拿来当恋爱教科书或者说偶像剧剧本参考的。

我至今不太想得出来 R 为什么会喜欢我，什么时候喜欢上的。我觉得他还是有点早熟，当然我晚熟是更显然的。很难说这位同学是怎么莫名其妙喜欢上一位长相不出众、性格开朗得不明显，并且在高一遭遇学习困境的女同学的。

我在高中之前的学习是一帆风顺的，虽然一直低调做人，但是成绩都算名列前茅。没想到高中到了当时最快的班，陡然间，数学以外的理科全都学不下去了。我至今有个困惑，不知道当时班上的那些人是不是提前接收到了什么指示，暑假的时候搞了秘密培训。总之我在一入学的时候就像进入了错误的时空，所有学习节奏都不按以前知道的那么回事儿来。当时暑假确实有个夏令营，说是优等生提前感受高中课程，我没去，现在想想学校和个别老师还真是恶心。入学阶段，我的化学、生物、物理三门课全都猛然掉进黑窟窿，茫然无措。但靠着我本身具备的聪明，在很短的时间内我把物理拉回来了，能考好，一路跟上节奏，但是生物和化学两门学科对我来说仿佛是另一个表达系统和思维系统的东西，无论如何我都跟它们搭不上关系。

如果"一蹶不振"一定要放在我的人生的某个阶段里，那它一定就得放到高一开始的高中这三年。我在跟化学、生物周旋无果后，一度消沉，放弃了自己优等生的身份，开始了在这两门学科上的敷衍。这种态度是连锁的，独立不起来，它直接影响了我高中的整个状态和处境。我一边尽力应付自己能应付的学业，一边着力思考学习的无意义，推而及至人生的无意义。

所以 R 喜欢上一个消沉不得志的高中同学是很难理解的，我又不算好看，高中的时候还微胖，身体也不好，没什么健康的气色，看上去是不应该有什么魅力的。我记得高一的时候，有一次开班会，一位很富责任感的学霸站到讲台上说：我觉得我们班有些风气很差，有那么一部分人，以比谁成绩差为乐，这是很愚蠢的做法，但不知道为什么被搞得很盛行。他说的那部分人里就有我，其实没故意要怎么样，就是平常大家开玩笑吧，自嘲什么的，互相说不行不行，我肯定比你考得低。这可能还是我兴起的，一说到比谁分数低，就开始打赌，赌零食，我记得主要赌的是小条的威化饼干，不知道为什么那个时候在我们周围很盛行，大概因为吃起来方便又得劲，相当于烦闷高中生活的磨牙棒。

　　在这种放弃、敷衍、心底又留存着不甘和痛苦的半麻木状态下，我度过了我的高一。我的心情和大脑没有任何留给人与人交往的余地，全用于思考个人处境和人生了，所以也不可能顾得上身边有人会喜欢我。

　　其实也不能这么说，我也不傻，不至于完全感觉不到 R 的反应。但是我有分寸，说话做事都不含糊，不会让他有错觉我也喜欢他，所以事情就没有那么复杂。

　　我记得他有一块超过他手腕粗细的表，当时一个组的几个男生还一起比较过各自手表价钱什么的，他们讨论得叽叽喳喳，在我看来价格有点过，他们的热情也有点浮夸，那是我第一次意识到男性对手表有热情。R 话总是最少的，在一队人里看起来是会被欺负的那种，但是实际上他好像不会被欺负，甚至是会被照顾，可能因为过于沉闷，反而容易受人关照。我看到和感觉到的是这样的。

　　我第一次坐到他旁边的时候，正遇到化学周考，我说你待会儿给我抄一下啊。他是说话有点困难的那种，对于我的打招呼他回应了一个慢吞吞的历时很久很尴尬的笑，说我给你抄啊，我也不会啊……其实他会，而我也并不是敢在考试的时候作弊的人，我只是给自己留个面子，提前告诉他我化学这方面很差，差到可能会让他怀疑我的智商。

我不知道为什么我对他印象最深的画面就是他上课睡觉。他整个人总是一副昏昏欲睡的样子，跟大家的学习热情和生活热情都有点儿不太一样。有好几次，他上物理课睡觉被逮住，然后原地罚站。他上课睡觉很实在，不做任何伪装，我记得很清楚，他会脱下他略显沉重的手表，把头埋在手臂上睡。他跟我熟了之后，睡之前往往会跟我说一声，他说话从来都是一个节奏一个语调，他说我睡一下哈，老师看到的话，你可以叫我一下。我觉得在我给他放哨这件事上，他并没有寄予希望，但是总是会提一下。每次他被罚站，老师说俏皮话或者严厉的话骂他的时候，我都跟大家一起笑他，他自己也埋下头来笑。R脾气太好，他呆头呆脑的罚站确实也给我绝望无聊的高一生活带来过乐趣，没有恶意。

高一的期末考很重要，分数关系着分科后能进入什么样的班级。他学理科，成绩不差，就会留在原班，我要转而读文，想进入最好的文科班，期末总分不能太差。

期末考这种市统考的题目是老师眼里的垃圾题，最简单的那种，就化学这一科，满分100，最一般的人怎么也得85以上，相当于小学一年级大家期末考试，单科95就算丢人，因为没到98、99、100。但就我的程度而言，这个化学能不能考上80分都悬。

我说我复习这几天就好好攻化学和生物了，有问题你都帮我解答一下可以不。他应答得倒挺淡，说可以，但是被问问题的时候确实没有烦过。我问的问题属于数学里一加一等于几的级别，或者是一加一为什么等于二的这种狗问题。他能回答、能帮我总结同类问题的，都给我讲，一点儿不敷衍不生气，耐心程度超越想象，虽然从来都是一副要死不活的样子，也算性格非常温和了。

　　考完的那天，我收拾东西收拾得很晚，因为再回学校就不在这个教室了，所以东西都得搬走。后边儿几乎没什么人了，他还不走，坐在位子上一副无所适从的样子，可能还说了几句无关紧要没有重点的话，显然是有什么想法想表达但是不知怎么说出口。我挺怕他说点儿什么出来的，其实也不太知道要怎么办，我就想他快点像别人一样离开，我好尽快把东西收了走人。我记得当时是有个小班聚的，他应该也要参加，我说你快去啊大家都走了，他说你不去啊，我说不。他听了没什么反应，还是一副想说话又不说的样子，最后我说，我爸待会儿要过来帮我搬东西了，你在这儿有点不方便，箱子不好搬出去。说完我就感觉到自己有点儿狠，想补一句挽救点气氛，但是也说不出来什么好话了，我看他表情有点尴尬甚至有点委屈的样子，然后他就走了。

　　回想过往，我确实是个善于推开别人的狠人，常常一边觉得自己太狠一边做着狠事。

三

　　讲到这里，我自己兴趣算是提上来了，没觉得自己是个讲述的人，觉得自己更像个听众，听着充满细节和趣味的故事。我不知道 Z 感觉怎么样，我想她不至于觉得我讲的东西是无聊的，因为她来找我玩游戏就是为了跟我聊天，说明我聊天不差。但我不是那种霸道的讲述者，一般情况下我都更倾向于听，我问她高中有没有什么可以讲的，讲讲，她说没有，她高中跟我一样也在爱学习。

我觉得挺神奇的，我平常脑袋里根本不会放这些事儿，没影儿，不知道为什么讲起来还挺顺，没有一点儿含糊。可能记忆确实是这样，你念不念它是一回事，它存不存在又是另一回事。我跟Z说，没想到会讲这么顺。

她说是，反正她听起来觉得挺美好，理所应当差不多就该早个恋了，至少有点儿暧昧什么的，保持秘密联系。我说确实没有，当时甚至专门在回避。我说你的意思我也明白，我自己这么讲出来我都觉得美好，挺玄的，身处其中的时候确实体会不到。可能表达本身确实有它的魅力，表达能让事情的意义体现得很集中，这可能也是表达的一个弊端，容易让事情失真。

但是哪部分才是真实的呢？

我说过我对人和人之间的密切关系是质疑的，从小就不太明白大家演绎的那些亲密关系是怎么发生的。高中的时候还是这个状态，所以分班之后也就跟R没有一点联系了。别人口中总能说出特别多各种人发生的事，他们的近况，他们的感情，他们值得一提的八卦，我实在不知道他们怎么办到的，觉得这是世界从我懂事开始就对我有所隐瞒的部分。

高一之后，我的学习生活里就没有R这个人了，直到一个燥热又静谧的中午，我在我的抽屉里发现一些东西。

当时是午睡过后，大家刚从宿舍回教室，我反正睡挺蒙的，甚至有点儿缓不过气。这个时候班上安排的课前唱歌，同学们自己选的歌，唱的声音还挺大的，我从抽屉里拿书的时候，发现一块白色的东西，我第一反应是很害怕，因为当天是七夕。

现在想起来当时的反应是很愚蠢很没必要的，但是作为一个从小都很乖的好学生，对于早恋这种事我是很避讳的，有这种苗头的话，心里会忍不住地害怕。我不装也不吹，当时没有一点儿惊喜快乐，全身直冒冷汗，有种被雷劈的感觉，心里打战，觉得自己在被迫犯罪。大家的歌声一方面能在一定程度上把我复杂紧张的情绪掩一掩，另一方面又加速了我的紧张，我脑袋嗡嗡嗡的，脸肯定是红了。我把那块小小白白的东西先握住，藏在一边，再暗暗翻了翻抽屉和座位上还有没有其他什么东西，我一边确认一边强迫自己恢复心绪，让自己冷静下来，不要这么反应激烈，像个傻子。确认好没有其他东西后，我在位子上坐正，脑袋转了一下，认定这个东西应该是 R 放的。

"所以他送的是什么东西？"

"直男送东西是还蛮特别的。"

那块白色的小东西是一块橡皮，之所以是白色，是因为橡皮外包着一层白色的纸。还好我打开得很小心，才不至于破坏掉纸里面写的东西，要是我直接撕开扔垃圾桶了，看他怎么办。

包一块小橡皮的纸能有多大，他把纸剪成包装盒的形状，也就是我们做数学题遇到的那种，一个六面体的拆开图的样子，他甚至还留了粘连处，整个纸打开是一张完美的几何图形，包含着理科男对于准确和工整的要求。

纸里面用特别小的字写了首藏头诗，我当时算是无言以对，作为一个文科生，我对藏头诗这种东西还真是没什么特别的好感……我记得这首藏头诗还不是一般的藏头诗，它的形状排成了一个等腰三角形，也就是说，它每句诗的字数是递增的。诗的内容我确实记不住了，理科男一些莫名的文艺情结算是我的雷点。

然后就是那块橡皮，当时我还是很震惊的，橡皮也就火柴盒一半那么大吧，他硬是在上面刻了我的名字，用的还是篆体之类的复杂字体。他写字好看，这是大家公认的，不知道他是不是学写字的时候还学了刻章什么的。橡皮的两面都刻了字，刻得很整齐很好，在橡皮上刻字应该比在木头石头上更难，因为橡皮有弹性。关键他确实也是按印章的效果刻的，刻出来的字并不是写出来的样子，要沾了印泥印出来才是正常的字。总之在我看来这是个复杂的工艺，我不知道在我们学校这么繁重的学业下他是哪儿来的时间搞这些的。平常晚上十一点多下晚自习回寝室后，大家一般都还要在床上挑灯学一会儿，我脑袋里出现了他挑灯刻橡皮的画面。

　　我这么说起来挺平静挺轻松的，但是当时情况绝不如此。我一整个下午都处在慌张和焦虑之中，对于这样的事没有快乐甚至顾不上感动。我不知道他是怎么在暗中完成这一切的，甚至产生了一种被监视的感觉。我们的座位每周都换，他是怎么准确地把东西放到我当周座位的抽屉里的，这一件事就会让我思考好久。

　　当天晚上走廊里有不少送礼物的，我庆幸 R 不是个会弄个大礼物跑到教室门口堵人的那种。

　　高中的时候我还没用手机上网，高一的时候只留了QQ号，所以我没法及时在收到礼物当天联系他。等到周末回家的时候，我给他发了邮件，那是一封字斟句酌的邮件，主要意思就两点：第一很谢谢你，第二我不会早恋。

　　他的回复很友好，没有过分表现出失落或纠缠的情绪，他甚至还问我知不知道为什么送橡皮，我说不知道，顺便夸了他手工很好，居然会刻章。他说送橡皮是因为高一的时候他弄丢了一块我的橡皮。

　　我估计他当时把"不会早恋"的那个意思听得有点认真，以为我是单纯为了学习，所以高中毕业之后他还会再来找我说话。

"确实有很浪漫的意思，但我听着也挺疑惑的。"

"怎么呢？"

"一般情况，喜欢，或者说长时间的喜欢，都是沟通交流衍生出来的。像你说的这个情况，两年没有联系，高一也并没有什么苗头，这样还能喜欢那么久，有点说不过去。"

"是这个道理，所以我在当时才并没有什么甜蜜感动的感觉，就觉得怪，甚至害怕和焦虑。"

"他可能是那种，特别沉浸在自己世界的人。没有双方的互动他都能喜欢成这样，得多自说自话的一个人。"

"摩羯嘛，应该就是这么个情况。"

我追星追的就是摩羯座，对这个星座的男的我说不太出来坏话。

四

估计玩双排的人比较少，主要应该都还是在玩四排。所以我俩虽然玩得很分心，但是总能进入前十。不知道是 Z 太久没玩游戏还是我确实讲得有意思，她兴致挺高，一把结束总说再开一把。

我根本没想到讲 R 的事能讲这么多，我自己对这些事都是不熟的状态，没想到仔细追究起来还这么有话可讲。估计跟年龄有关，年龄越大越爱回忆往昔并不是没有道理的事。

我们很少玩游戏玩这么晚，我都有点讲累了。我说你不是想知道结果吗，我先给你讲一下结果，顺着时间一直讲太累了，有种身处其中的消耗感。

结果是这样的，大一还是大二的时候，具体时间忘了，有天他突然发了一组照片，是他和一个看起来很开朗的女生，意思明显是在一起了。怎么说呢，在那之前他确实有一段时间没找我说过话了，所以是去谈恋爱了，很合理很说得过去。

　　大学的时候他会找我聊天，我想正常聊天应该接受。我虽然说自己是能聊好天的人，但确实不怎么乐于聊天，觉得无聊又负担。我想也正是因为这样，不论初中还是高中，学校里各种男男女女错综复杂的关系在我看来才都显得有些莫名其妙。后来发现，世界本来差不多也就是这样了，不过就是人和人之间错综复杂其实又难免苍白无聊的相处和关系。既然都是这样了，作为人不就得去尝试？我妈说得对，融入。

　　但是真正去聊的时候，还是觉得没意思，不知道大家平常都能聊些什么。我也一再告诉R，我们当普通同学或者朋友就挺好的了。他倒是自信满满的样子，说自己再怎么样都会坚持下去的。我甚至以他家长的口吻告诉他，等你以后遇到你真正喜欢的女孩儿就知道了，现在的一切都不算什么，现在可能只是你自己的想法在作祟。他不以为意，郑重地说他不会。因为他是个很闷的人，话说得不多，所以他认真说了他的决心后，反倒让我很被动，甚至让我产生了一点儿看轻了他的愧疚之感，一时之间还钦佩起他这种无端又长久的爱意。

　　但也没多久，他就确实谈恋爱了，并且是悄无声息的。当然了，他没有必要告诉我，我也没有什么立场必须知道他是否谈恋爱了的事。所以看到他和他女朋友照片的时候，我心里怪了几秒钟，然后立马想通，并且去跟他说了祝福的话。

　　有个事儿我当时挺硌硬的，但还是能想通，想通就过去了。事情是这样的，跟他说了祝福的话后，我们就不再聊天了。有一次我很意外地发现，根据他在别人动态下留言的昵称显示，他已经不是我的好友了，也就是说他莫名其妙一声不吭地就把我删了。我觉得这种做法挺让人窝火的，怎么说这种窝火呢，自己什么事儿都没做，却在不知情的情况下被安排进了什么情感纠葛大戏。

我没有重新加他，只是在陌生人的聊天框里问他怎么个情况就把我删了，他说他女朋友让他把我删了，说他女朋友吃醋了。我挺无语的，但也说不出什么立场正确的话，怎么说都显得不对，所以只能再祝福了一遍，让他跟他女朋友讲话的时候讲清楚。然后就从此再见了。自那之后，我跟他再没有联系，没留任何联系方式。

讲到这个地步节奏不免绊住，有点儿从故事回到现实的感觉。之前讲的那些再细致再动人，都显得像学生时代做的卷子——认真对待过但跟往后的现实生活不沾一点边儿。

"我明白你为什么不一开始讲结局了，因为这结局讲了之后，前面发生过的任何事都不怎么中听了。"

Z说得没错，所以我才没一开始就讲结局。人们花时间周旋的都是过程，结局不论如何都容易显得潦倒，就像死亡。

我说虽然讲了结局了，我还是再讲讲能讲的吧，把我能想到的事讲出来，就相当于我清理电脑了。

我有多荒谬呢，R高中毕业的那个暑假骑车来过我家一次。我们是不同市区的，隔得还挺远，我不知道他还有个骑行的爱好，有天他突然跟我说他到我家来了，我说什么意思，他说他骑行骑过来了，还给我发了他的骑行路线图。客观上来说这也算浪漫感人了，但我在家里很慌，有种要被抓包的感觉，实属荒唐。我待在家里不愿出门，告诉他我有事不能出去跟他吃饭，让他去找找这里别的同学。我甚至害怕他会莫名其妙知道我家地址，这种紧张说出来很难让人理解，我自己现在都觉得说不过去，但是很真实。那一整天面对我妈我都有种做了错事怕被发现的心虚。

把他"赶走"之后，我的理智告诉我我真是个狠人，是个坏人，不近人情，让人伤心。一个人兴冲冲骑了那么远的距离跑来陌生城市找你，你连见都不见一下就把人轰走了，R不论是愤怒还是伤心委屈都是可以理解的。应该有人教教我怎么早恋，或者说怎么得体地应对早恋。估计跟我从小到大没看过言情小说有关，缺乏理论知识，实践起来就有点格格不入；说不准R看起来很闷，其实看了不少言情小说。

我赶他走的例子还有一次。我回想一下，再拼拼时间，估计就是那次让他开始动摇了。当时是冬天，我还在学校，他说他们家有点事儿就回来了，他还要来学校找我。我挺不愿意面对他的，不知道怎么面对，我就故技重施，让他去找找我们学校他认识的别的同学。他是不会使劲说话的人，就听了我的话，真的去跟他理科班的男同学在我们学校玩了一天，傍晚的时候，我才出去见了他，因为他说有亲手做的礼物要拿给我，我想我再拒绝就真的不是人了。

但是见面也实在尴尬，我还约在学校一个小广场上，完全没有要跟他逗留或者说单独谈谈的意思。我记得我们见面不到十分钟，或者不到五分钟，说了些什么也完全忘了，肯定都无关紧要。我其实挺难受的，一方面替他委屈，觉得对不起他，另一方面觉得自己身处困境，对于人与人的相处或者说亲密关系实在无能为力。我记得他说了句"看你挺好的就放心了"，我不知道这是他提前编演的话还是真心的，这话听了让我觉得心酸被动。

他那次送的礼物我至今还收着，是幅画，看得出来画得很认真，细致到草坪上的草。画上有两个人的背影，人很小，天地占主要画面；人在夕阳下，有自行车什么的。很久之后我反应过来，那应该是类似一部日本动漫电影的场景，但是我不看动漫。

差不多就这样了，能讲得出形状的事差不多就这些。我跟他在网上的聊天实在不值一提，几乎都是些客客气气的话。我记得比较清楚的是他给我讲过他童年和家里的一些特殊情况，当时我是有点感动的，因为一个不爱说话的人愿意给你讲他童年和家里的事情，确实有信任和重视你的意味。

讲述秘密算是人与人之间的动人部分了。

但是他当时有一点没跟我讲，就是他以前的名字，他说他本来的名字不是现在这个，我让他告诉我，他说他还是要留点秘密。他好像还说过以后有机会会告诉我的。但是再没有这个机会了。

童

一

　　这是个可以想象的最漫长的暑假，完成了高考这件事，人生就像可以甩手不干了一样。这种"完成"带给 L 的是一种全新的无聊之感，她突然发现所有事情都不过如此，非常潦倒。

　　她跳级了，完成高考的这十八年生活后，她发现其实什么事都不用进行，一种又放肆又乏味的感觉在消耗她，她很懊丧，感觉自己玩脱了。

　　她现在有大把的时间，完全自主的时间，关键在于她不知如何消耗它们。许多阳光暴烈的下午，她都关在房间里对抗白昼。室内的冷气和窗外的热气在她心中形成有形象的对抗，在夏天的光照中形成此起彼伏的流动的物质。她的脑袋在这些物质中沉闷地疯长。

　　她还感受得到考完试那天的复杂氛围，许多事情好像要在那天交代，人们想法各异而又统一。现在想起来她都觉得自己太冷漠了，不必那样的，她没有参加晚上的毕业告别会，而是像一个有事在身的陌生人一样从人群中匆忙无声地离开了。

二

在西北打拼的两个舅舅邀请L跟爸妈一起去那边玩儿，他们也知道L现在有的是时间。可是天气太热了，几千公里的漫长跋涉和西北荒芜之地的暴晒都让L觉得奄奄一息，她们都不想出。她也不知道要干什么，整天无所事事，同时心里又带着微弱的不易察觉的期盼，好像总有什么人什么事会来救她。

这年暑假格外热，L感受得到在自己身处的乏味平静的生活节奏外，许多人和事都躁动着，众多和她同龄的同学们张牙舞爪，这是合理的。大家都解放了，得到一种发挥的空间，许多在学校里讳莫如深影影绰绰的感情和纠葛都摆在了明面上，这些L都不曾参与，但是多多少少听到过一些。

新疆的事在计划之中，她不想管，反正时间多。L的爸妈都在学校工作，每年寒暑假都能跟L同步。看L闲得慌，L的妈妈每天买菜都叫上L，说可以锻炼身体，说可以认认菜，说可以围绕做饭过日子多少学点东西。随便吧，就是那么些意思，也可能其实就是她妈妈想要人陪着一起而已。初中毕业的那个暑假，她妈妈也有这样的邀请，那也是段恍惚的日子，但她还保持着警惕——对暑假后的高中学习生活的警惕——所以人容易紧张，并不是那么随意、干什么都可以。当时她常常拒绝她妈妈的邀请，并且伴着一些莫名其妙的火气。她妈妈脾气好，对她很包容，对她的放肆几乎都照单全收。这个暑假不一样了，L感觉着无事可做，因而有点什么事都可做的被动念头。跟着她妈妈去菜市场瞎逛并不坏，被人引导被人操控，一定程度上就相当于被人关心被人照顾，还可以填补时间。只是太热。

看着她妈妈认真而不乏快乐地操作买菜做饭一应家务时，L自己好像也变得平静了，包含一种要死不活的情绪。一切都并不太糟，直面日常有时让人放松。这样下来，L的暑假日常变得默默无闻而充满规律，一种秩序之中的松弛有度让她时常也不乏快乐。白天在暑热之中去菜市场走一遭汗流浃背，回来洗个澡，吃饭，然后一家三口在下午恍惚地各干各的事。

三

在这期间，L跟三个女同学约着去了一次凤凰古镇。场景的转换能让人快速成长，事件集中堆砌能让人在有限的时间内更多领悟。L还记得午夜降落长沙机场后温热的黄色光晕，大巴司机操着一口塑料普通话在自言自语。四人游荡在少人的街头，在灯光中，在天桥下，说着些模糊又清晰的学校事件和人物，这些事件和人物跟四人都在不同方面、不同境况有些或轻或重的联系，这就是人与人之间错综复杂又脆弱的关系。

百无聊赖地躺在阳光充足的房间里，L把窗帘拉上也无济于事，但效果会好很多。这种铺展的光让L想到了湘西古寨的干裂泥路，在一些隐秘的草丛里，突然会出现一些长相奇异缺乏人气的老太婆，她们手里拿着东西，嘴里念着词，声音会回荡起来，在那些土匪洞里制造巫蛊，制造漫长的生死恐惧。当时她们很害怕，那种光天化日之下的害怕还刺激着另一方面的惊奇和兴奋，游客们都在相互讨论，好像大家都对湘西的古老巫术有些了解和研究。现在回想起来，干裂的白色泥路和面容模糊的老太婆在 L 脑海里构成了一幅十分动人的图景，如果还在场，她或许会在那里乱舞起来。

L 今天也跟她妈妈去买菜了，往回走的路上，L 的妈妈说要修一下手中的阳伞。其实也没哪里坏了，反正就不好用了，所以就要去修一修，说不定有办法呢。她们来到的是一个修鞋的店，这店是她们每天回家都会经过的地方，门面本身不大，但对于修鞋铺来说，已经算宽敞得体了。另外，这个门面不是独立的，它跟旁边的门面是打通的，旁边是家彩票店，他们的彩票柜台之一就摆在修鞋铺的门面角落。

修鞋的人是个哑巴，这事儿 L 知道，因为她们之前也来过那么一两次，或许是修鞋，也或许就是修伞呢。总之她知道修鞋的这个人是个哑巴，是个长相清秀的哑巴。哑巴皮肤很白，可能是因为长期待在店里不受日晒的结果。他坐在不高的凳子上，为的是方便操作面前的那些专门的小机器。他的双腿上还一直盖着一条黑色的皮质毯子，大概是用来防止尖锐金属工具戳到自己，也可能就是他们修鞋匠的一种专门穿搭，就像医生要穿白大褂一样。

今天 L 的妈妈跟彩票店的女主人攀谈了起来，不知道怎么一回事。L 在旁边听了几耳朵，好像她们本来就认识。修完伞给钱的时候，彩票店女主人挥手说不用给，哑巴坐在凳子上只能也摆摆手意思不用给钱了。

L 问她妈为什么认得彩票店的主人，妈妈说是亲戚啊，上一辈一个村子的。莫名其妙，好像突然相认的一样，以前经常经过彩票店也没见跟人家熟络过。那哑巴又是怎么回事？为什么要听彩票店的人的话。L 的妈妈告诉她，彩票店的男主人是哑巴的哥哥。

事情突然合理了起来。跟 L 妈聊天的那个女的是个看起来不再年轻的妇女，体型胖，肚子奇大，像怀了孕。她声音粗糙，说话做事让人觉得靠谱得体——她的肥胖身躯装着的是一股老江湖退隐后的镇定气息。她老公看起来比她年轻多了，皮肤白皙，但不能说是小白脸——话不多又镇定自若的人，你说他的本性有多少虚弱的部分？

他的弟弟就可怜了，跟他长得确实像，白皙帅气，却天生是个哑巴，只能在他们买来的门面里修鞋。

L的妈妈平常不爱说三道四，但爱跟L讲些L从来不知道的遥远的事。她说这个哑巴其实很受家人的照顾，他自己之前偷着谈了恋爱，后头被他妈发现了，他妈妈觉得对方是看上了他家的钱，所以把人撵走了。其实哑巴家里有着隐秘的财富，这是藏在修鞋铺和彩票店事业后日积月累出来的，不容小觑。在钱方面，哑巴受了他妈妈的影响，一点不愿被人占便宜。但他今天给L她们免费了，大概是因为他哥嫂的缘故，显得他很明理。

L注意到哑巴手边的各种材料和工具堆里搁着一本厚而旧的小说，好像是《红楼梦》，或者是其他什么小说，反正哑巴在不时翻阅它。他这样双腿屈坐在小板凳上看书，默默无闻，被母亲阻挡了恋情，这样想来他真是个可怜的人，甚至是个可怜的孩子。

四

没有任何人来找L讨论关于高考分数的事，她也不找任何人商量填报学校的事，那种花样繁多、关系重大的事，她跟着她妈一起默默地处理了。自此，高中之前的所有人事仿佛都跟她决裂了，没有什么以往的事再牵绊她、陪她进入新时期。

这种境况让她突然很想去新疆了，想在实际距离上与所有人隔开。她催促她妈订了最近时间的票，所以全剩坐票了，他们一家三人仓促地踏上了去往西北的疲惫之路。

你知道的，火车的坐票车厢是个肮脏吵闹的地方。而在一趟开往西北的耗时三天三夜的列车上，坐票车厢几乎是人间炼狱。那是一次令L印象深刻的列车经验，它在某种程度上也确实达到了L希望的效果：一点一点地、漫长地、极其痛苦地与之前的十八年、与那些模糊的人和事断绝。

L和爸妈一起坐在一排三人座上，他们从未如此紧密地彼此依靠在一起。这三天三夜里他们时而沉默时而莫名兴奋，随着时间的推移，全身的不适和疲惫让他们的感受有些魔幻。L蜷缩在靠窗的位置，旁边被爸妈保护着。她是个能忍受孤独的人，三天三夜的无聊飞驰并没有在意志上击垮她。她带了一本高中没有坚持看完的《水浒传》，这能在一些时候勉强让她有事可做。L毕业的这一年，智能手机默默开始普及，但L换手机也是大学开学的事了，在火车上时，她偶尔能和一两个人发一两条短信，但始终长久不下去，她也就算了，反正信号差。在这种时候，从灰不溜丢的车窗看窗外浑圆火红的西北落日，L也会难免伤心起来。西北列车所经过的一切景象和时间都显得漫长冷清。

但是有一个热闹的场景让L印象深刻，那场景应该也能让车厢里的很多人都印象深刻。在他们那节车厢里，在L斜前方的位置，坐了一桌彼此认识的男女，准确地说是五男一女，他们都很年轻，大概跟L差不多大，甚至更小。他们大多数时候都在车厢里叫嚷，没人管得了他们，大家都看在眼里，但不去说什么。他们队伍里那个唯一的女孩很瘦很高，整个人像是被五个男生簇拥着，显得活泼跋扈。他们打牌、抽烟、说脏话，沉浸在他们特有的不知节制不顾后果的快乐中；到了晚上，他们瘫倒在座位上彼此依靠着睡去，就又回到了没有父母关怀的孩童世界。有些时候他们那一桌像在发光——西北天空下一种极易熄灭又蓬勃的闪光。

五

那种刺激意识的闪光特别容易在夏天出现。有些时候撩开窗帘，L会看到密集的楼房间长着更加密集的绿色，有树，和一些类似热带植物的东西，它们在夏天午后无人敢惹的阳光中释放幽魅的活力。它们吸引人走近，L会在无聊透顶的时候选择投身暴晒之中。她坐上县城的公交车就不下来了，坐在最后一排肆无忌惮。透过车窗她看饱了盛夏的水泥地，极少有人游荡在晃动的室外热气里。县城很小，城内的公共交通主要是三轮车和出租车，公交车其实都是用来沟通县城和近郊乡镇的，L有时会睡着，醒来的时候车内空无一人，车子慢悠悠地行驶在荒无人烟的田野边，那时她对司机既有防备又抱有温情。

只有一次L在中途下了车。在快要出城的地方，也是一片绿色吸引了她。在一个远远的斜坡上，棕色的泥地滋养着整齐的绿色植物，有白色的东西也整齐地列在上面，L知道县城的殡仪馆在这个地方。她小学的时候来过这里，上去要经过很长的、蜿蜒的水泥路，然后就是一片空旷得不像话的平地，前后四方没有任何东西，上面只有一个孤独低平的大房子。对于那个房子里面的样子，L完全没有记忆了，从外公在医院断气一直到最后追悼会，L的妈妈都没让L看遗体。她记得在医院的时候，有人要来帮外公换寿衣，表哥被允许目睹了全过程，她就被捂着眼睛。在殡仪馆，要去更里面有冰冻柜子的时候，她也被家人拦在了外面。在她有限的记忆里，殡仪馆是个干净安静的地方，没有一点多余的声音，大家在这里不用做任何事，烘托出一种人与人之间很亲密的氛围。

L在这里下了车，抬头看了看棕色的墓地、白色的碑和绿得发亮的树，想了想，还是离开了。她没上去一探究竟，这次是她自己把自己拦住了。

她自己在烈日下从殡仪馆走回城中心，在家附近，经过彩票店的时候，她偷偷看了看修鞋的哑巴，他面前正坐着两个穿短裙的中年女性，他一脸认真地埋头修着手里还挺漂亮的高跟鞋。他哥哥正在跟女儿说话逗乐，他哥哥的女儿真漂亮，四五岁的样子，相貌一点不比奶粉广告上的孩子差。

六

火车到乌鲁木齐的时候，已经是晚上了，但是这里的时间又要另算，夏天十点多天还是亮的，这种虚幻的白昼增强了L的信心，好像她确实来到了与众人决裂的地方。

等到舅舅们把他们接回石河子的时候，天就真的黑了，所以已经很晚了。在热闹的晚饭中，L疲惫得只想睡去。她在石河子的黑夜灯光中依稀辨认了一下久违的和从来未见过的一些亲戚，西北的夜晚有着意想不到的凉意。

L开始了她的西北生活，十多天的日子，一半时间行程十分紧密，一半时间她也闲得跟在家没有两样。L跟她爸妈是分开住的，她爸妈住小舅舅家，L住二舅舅家。小舅舅家有个小表弟，被宠着，L不想住那里。二舅舅的女儿性格平和，年纪只比L小两三岁，所以L选择了住二舅舅家。

大多数时候，L都跟表妹窝在沙发上一起看电视。其实电视有什么好看的嘛，但是得有事可做，有响动，才不至于显得太无聊。她们看的是从早放到晚的情景剧。一开始，L还想着住别人家不能太随意，至少作为一个刚刚参加了高考的人，她得像模像样地给妹妹一些建议和指导。但鉴于她说不出什么，她妹妹也不是那种爱东问西问的热情的人，所以她终于还是放弃了，两个人就那么呆坐，想起什么再说，还挺自然。

石河子不是L想象中的西北城市的模样，不是干燥的、荒凉的、缺乏生机的。这里绿化很好，街道平整宽阔，不像南方的那样曲曲拐拐。这里四平八稳的，一条街直到底，把西北的地广人稀无尽延伸开来。街边的树都很高，长在专门蓄出的水里，散发舒爽的凉意。电动摩托似乎是这里普遍的市民交通工具，L的表妹都经常骑。有那么几次，表妹用电动车带着L在明亮的街道上兜风，这是一种新奇的体验，L只在小的时候搭乘爸妈同事的摩托车时感受过。街道上人很少，表妹驾轻就熟，L坐在后座一直忍不住地笑，她们说些什么话，彼此又都听不到，反正很快乐。平坦的西北城市有着不断的风，即便高温，人在这里也不容易出汗，不像西南。L还记得在自己从殡仪馆走回家的路上，汗一直出，她一度想转身走回殡仪馆乘凉，那里干燥安静，没有一点多余的声音和事情。

大家说，西北意想不到的凉快是因为来自天山的不息的雪风。L学文科的，她记得地图上的西北地区被一整块巧克力一样的天山图标隔成了南北两块。数字没法说明的事，一个"雪风"就让一切清晰了。天山得多高多大，才能把凉爽的雪风一直送那么远。

　　舅舅们开车带着L一家去了天山，L还是跟二舅舅一家坐一辆，她爸妈跟小舅舅和小表弟坐一辆。一路上L其实很恍惚，她晕车。西北太大，去一个地方得白白花上好几个小时，其间的颠沛把L折腾得毫无心情。所以一路上很多景点L都错过了，她甚至不愿下车，假装睡着躺在车里一动不动。

　　但是她对天山印象很深，不仅是景象本身的原因，还因为车子在上天山的时候出了点意外。L在车上感受着寒意加深，她闭着眼甚至还感觉到了周围一片雪白。车子在斜着往上爬，蜿蜒盘旋，L简直想吐出来，她感觉她没着地，而在天上乱飞。这就是车在天山上爬升的状况，很艰难。但L恶心晕眩，也就不知道具体情况有多么危急。她只记得大家让她换过一次车，大概是在什么关键的转弯还是克服一个坡度什么的，因为两辆车性能差别的关系，L被迷迷糊糊地换到小舅舅的车上去了。这过程中她依然糊涂，但残存的意识还是让她感受到了危急。两辆车一会儿刹住一会儿猛然发动。事后她才知道，当时的情况，已经到了车子濒临掉下山的程度。

　　但是车子没掉，一切有惊无险，反倒给大家添了谈资。到了最高点的时候，大家兴奋地叫L下车。L也觉得冰寒可以压制眩晕和恶心，所以她走了出去。大家穿的都还是夏天的衣服，身处一片茫茫冰山，众人既兴奋又有点茫然。这里不仅气温低，风还奇大，L这时才明白为什么山上的雪风可以吹凉老远之外的平地城市。斜站在冰坡上，L眼前很开阔，这种登高体验比别的复杂一些，因为他们正衣着单薄地身处极致的天气状况里，风加剧着低温。这个时候，L开始想念西南县城暴烈的夏天，那种被太阳烤晕的感觉，从殡仪馆走回家的路上汗如雨下。

七

　　在新疆，舅舅们带着 L 一家进行了多次出游，除了偶尔一两次，其他时候都有不少别的人。那些别的人都是舅舅们的"拜把弟兄"，这在 L 听起来难免显得好笑和夸张。两个舅舅都是在新疆开餐厅的，他们的这个拜把子队伍好像全是做餐饮的。据说里面以大哥为首，有几个人都是年轻时当过兵的，做过炊事员，退役后渐渐在餐饮事业上立稳脚跟、发家致富。

　　每次出行，都有那么几个兄弟带着家人跟 L 他们一起，一列车队在西北浩浩荡荡的，他们自己也把声响搞得很大，显得他们吃得很开。L 一直没分清每一个人，只是跟着爸妈在这群人中隐没。虽然每个人都对他们表现了热情，但这种热情是他们不太会承受的，路子不一样，消化不了。总的来说，他们每个人都不错——开朗是不会有错的。

　　L 他们也确实度过了一次次轻松省事的旅程。她记得最爽的一次，是大家开着车聚到郊外烤肉。后备厢装满了新鲜的牛羊肉和菜，烤炉、餐具、调料也都完备，一行人热热闹闹地在一片有树荫的空地上搭好了几顶帐篷和桌椅。这几乎是一次完美的户外烧烤，热闹和乐，大家都像孩子一样。可西北的天说变就变，突然就有冰雹砸了下来，这下大家就更像孩子了，在冰雹中躲着烤肉，又是害怕又是兴奋，场面瞬间变得狼狈活泼。泥地里坑坑洼洼地蓄起了水，大家在冰雹中传递着肉串，在巨大的冰雹声中扯大了嗓门吃肉讲话，本来可以漫长悠闲的烤肉时光变得急促，因而更让人舍不得。它变成了一场意外的、无法复制的绿野盛会，所有人都很难复述当时的全部情况。

还有一次值得一提的出行，是去郊外的桃园。当时也是有成群结队的人，他们陆陆续续开车聚过来，把大片桃园弄得尘土飞扬。车队被领着进了一家之前光顾过的园子，下车后几乎没人去摘桃子玩，都坐在棚子下打起了牌，各种牌，吵得要死。L跟她妈妈去园子里摘了很多桃子，暴晒中整个土地上漫着温热的桃子香气。她们摘了一大篮桃子回到棚子，然后开始吃。桃子很香，但没有好吃的氛围，众人都在热火朝天地打牌，几个吃桃子的儿童妇女倒显得小气又可怜了。她们吃一吃就饱了，因为没意思。这种没意思在持续，暴烈阳光下的桃园里，她们无事可做也无处可去。L这个时候对舅舅们产生了怨气，她自己走开，在棚子几米外乱晃荡。她只敢走出几米远，一是棚子之外空无一人，二是实在太晒太热。L在棚子外踢踢干裂的尘土，拔拔不认识的杂草，时不时跑进桃园里躲躲荫，顺便再摘个桃子吃。她在刺眼的阳光下往棚子里看，里面吵闹的人堆在光晕中扭曲变形，有着动画片的效果。然后她就走回去，过会儿又再走出来。

　　在这样无人关注的晃荡中，她发现了一个人，看起来很高大，但仔细一追究会发现他是壮，或者说胖，不仔细追究他就是高大。L猜想他应该也是舅舅那帮弟兄里的一个，但他又没有在牌堆里，而是跟L一样也在棚子附近无目的地瞎转，但不烦躁。棚子旁边靠着一个高高的像垃圾车一样的东西，连着一根管子，是装水的，L踮着脚想往里面觑一眼，但是不够高就没看见，就走了。后来她乱晃的时候，看到那个人脚踩着车子生了锈的黄色大铁轮蹬了上去，往大水箱里探头探脑，大概也只看到了一箱水而已，然后就猛地跳回地面。L觉得他很有趣。

　　又过了一会儿，大家都有点倦了，不知道要干吗。打牌的声响也小了，只是还能赖在上面；剩下的多是妇女和小孩，坐在棚子的另一角吃桃子嗑瓜子瞎聊天。L跟她妈妈坐在了一起，她妈在逗一个小男孩，很漂亮，眼睛大得惊人，睫毛又长又黑。在 L 心里，小孩子大致分两种，一种是容易逗的，一种是不容易逗的。这个小男孩就是不容易逗的那种，但他又漂亮可爱得想让人逗。小男孩被抱在一个中年妇女怀里，男孩的可爱白皙跟妇女的苍黄老气一对比，L 觉得妇女可能是男孩的年轻奶奶。而在大家继续的谈话里，L 发现妇女其实是男孩的妈，这个时候，他的爸爸也走过来加入了这个队伍，他爸爸就是刚刚扒水箱的那个看起来很年轻的人。大家让 L 叫这个人童叔叔。

午饭的时候，几兄弟嚷着要园子主人杀几只他们自家养的鸡来吃，还要带一只走，说这个鸡好，可以拿回去给老人家补身体，说钱是不会少给的。园子主人有点为难，但还是答应了，看得出来他们对养的鸡有些感情。主人虽然答应了，但是他念小学的儿子死不答应，十分倔强，他满含怨气，拼死护着鸡圈，一副不让人碰的架势。他的老父亲劝他，大家也都笑着劝他，让他把鸡让出来。他还是死活不肯，一个人在烈日下扯着嗓子又吼又哭原地转圈，场面一度僵持，几兄弟从开始的开玩笑也变成了后面的不悦，园子主人十分为难。在众人继续的劝说声中，童叔叔在旁边冷不丁地说了句"就留给他嘛"，这一句反调十分微弱，因为内容和情绪跟整个场面极不协调，所以完全被人群忽略了，但是 L 听见了。最后，鸡还是被杀了，男孩儿撕心裂肺。

八

回去后，L 向她妈打听了童叔叔。他不是舅舅的拜把子兄弟，而是小舅妈的表弟，跟他们也是亲戚（小舅舅和小舅妈属于近亲结婚，只是隔上了三代）。他这次来新疆也是玩儿来的，方便带妻儿，所以开车来的。L还记得他儿子可爱的模样，眼睛奇大，当时不管她怎么逗那小孩，他都不领情，一副被动不爱搭理的样子，只懒懒地扇动自己的长睫毛。他的妻子，就是抱小孩的那个面色泛黄的女人。这个小孩儿和这个女人的存在，让童叔叔的年纪显得有点儿魔幻，他仿佛夹在某个不存在的年龄里。

之后的几次游玩，L印象很模糊了。去的地方都挺好，草原啊，湖啊什么的，L还骑了马，可也就仅此而已了。她记得众人曾驾车到了一片海拔较高的草原，然后聚在一个巨大的蒙古包里，里面色彩鲜艳，空间很大，大家在里面吃了众多热烈扎实的新疆菜和蒙古菜，然后就七零八落地躺在里面沉沉地睡去了。那是一次舒爽香甜的集体午睡，那些平常吵闹的男女小孩在醒来后也显得十分恬静，大家走出蒙古包时，干爽的凉风在草原上拂着，L不知道这风是否也来自天山。

最后的一个主要行程是去沙漠，烤人的天气模糊人的意识。随着车子进入沙漠，气温就高得闷人，一切都不敢发出响动。做好充足的准备后，大家才从车上下去，暴晒压迫着每一个人，大家在脚踏地的瞬间都发出尖叫。这里不能停留太久，但所有人都在尽可能逗留，想在不同于地面的沙上玩出更多的花样。在彼此的呼喊中，大家知道有人的凉鞋脱胶了，高温熔化了鞋胶。这样一来大家就都更不敢久待了，从四面八方往车队走。L的爸在这种情况下却显得异常沉着，他说得带点沙漠里的沙走吧，说着就拿出了裤兜里的空烟盒，蹲下身抓起沙子往烟盒里装。

沙漠之旅后，L他们就差不多准备要回家了，到了收尾阶段，舅舅们偶尔也会带他们去近的地方玩玩。这个时候童叔叔又出现了。一开始只有三四辆车一起，大家准备往郊外一个农家乐去。笔直的路上，两边的田地里没种菜，长的全是向日葵，大概这里的日照条件很适合向日葵的生长。L在西南是很少看到向日葵的，更别说这种伴随公路一望无际的向日葵田了。她发现向日葵是真漂亮，尤其适合干燥裸露的西北大地。随着对向日葵田的深入，L发现他们一行的车子队伍在壮大，童叔叔的车就在其中。

车队在向日葵田间飞驰，众人的心情都十分爽朗。就在大家在车里讨论向日葵讨论得开心的时候，车队停下了，L并不知道发生了什么，他们被叫下车待在了路边，另外几辆车里的人也多被叫了下来。L还是不知道发生了什么，有的车留了下来，跟被叫下车的人一起停在边上，其余的车调头高速开走了。

在向日葵田边的公路上下车还不赖，大家聚在路边，路边的树很高。大家心情都不错，在路边瞎聊起来。他们说那几辆车是去追人去了，还可能打架。因为就在刚刚，童叔叔车子的后视镜被迎面擦过的车撞掉了，车上的小男孩和女人也都受了不小惊吓。大概是电话沟通了一下，车队的人就都行动起来了，先是让大部分人下车，然后能打架的男的都集中在其中几辆车上，这样他们就铆起速度调头追了回去。

L想了想，自己好像从未遭遇过正儿八经的打群架，小学的时候老听说谁谁要带谁谁去打群架了，好像群架时有发生，但是从来没亲眼见着过。看着消失在向日葵和公路尽头的车队，L感受到一种奇怪的畅快。郊外的向日葵田公路边一下子成为天堂一样的地方，烈日下这里广阔安静，只有他们一行人的声音，这让她突然又想到了殡仪馆的干净舒适。

过了不短的时间，几辆车子意气风发地在公路上吼叫着回来了，停在路边一行人面前。车上的人走下来说事情解决了，到底打没打架L忘了，或者说他们本来就没说清楚，总之就是事情解决了，对方态度也挺好。大家重新坐回各自的车里，在阳光充足的向日葵公路上往前飞驰。

<h1 style="text-align:center">九</h1>

　　L的妈妈是那种不愿往远了出门玩的人，她觉得外面很累，也充满了危险，现在L觉得她妈妈是对的。回到家里，L觉得新疆的一切都显得十分恍惚，记忆充满了起伏的色彩但又充满疲劳。回到家，这种疲劳终于可以得到长足的休息了，他们的生活将重回缓慢的状态，无聊得要死但也不会有比这更让他们舒服的状态。

　　L还是时不时跟她妈去买菜，路上会经过彩票店，L的妈妈跟彩票店的女主人、男主人打招呼的次数越来越多了，L见到哑巴的次数也就越来越多。哑巴每天都没有什么变化，显得十分平静，没有任何不悦的、消极的情绪在他脸上，他有一种说不出的沉稳和天真。

　　L他们回家不过几天，小舅舅突然就从新疆开车回来了。这一方面让L觉得厌烦，另一方面又让她感受到热闹的延续。

　　小舅舅回来是有原因的，这跟童叔叔有关系，童叔叔在新疆开车的时候又发生了点意外，倒没有任何伤亡，但被扣了驾照。车他是开不回来了，小舅舅就开着童叔叔的车把他们从西北载了回来。

　　回来当天就有饭局了。童叔叔请客，邀请小舅舅和L一家。到了火锅店，L首先看见的不是童叔叔，而是彩票店的男女老板和他们的女儿。

　　L有点儿蒙，好像被什么事情瞒着了。但是不可能有人恶意隐瞒她这些事的。大概因为事实如此，所以L的妈妈几乎没有意识到里面的关系，她还从来没给 L 说过——彩票店的女老板，这个 L 妈妈口中的远房亲戚，正是童叔叔的亲姐姐。

一个童姓家族正慢慢地、各方汇集般地、有节奏地在 L 的暑假中展开，又突兀又集中。

还没坐定的时候，在嘈杂的包间里，L 没见到童叔叔的儿子和妻子。因此，L 在喧闹中问了一下童叔叔，为什么他儿子没来。童叔叔不是很热情，也没正面回答 L，几乎是没搭理她。反正房间里说什么的都有，这话也就被盖过去了。

在桃园和葵花公路的时候，L 印象中的童叔叔总的来说是平和亲切的，而在火锅店里，童叔叔对于 L 来说变得不那么简单了。他显得很能来事儿，像个真正的成人。

十

对于 L 来说，她生活的无聊包含在一种事情的"不可发生性"中，或者说，"不可持续性"。这大概是一种天赋，让 L 的生活缺乏具体的、完整的事件，人物因而也是缺乏的。事情和人物都是没法长久的，长久的是无聊。

舅舅回来后就成天跟童叔叔混在一起到处玩，但是这些事跟她和她爸妈是没有多少联系的。只是他们的热闹气息会在一定程度上让 L 他们受到带动，这种感觉不坏。

L 在新疆晒黑了不少，一天她妈妈提议带她去面部护理。L 感到疑惑，她妈妈是从来没去美容院做过这种护理的，她问她妈妈为什么要去，去哪里。她妈妈说去文阿姨店里。

"文阿姨是谁？" L 觉得有点好笑，她妈妈最近有点浮夸，不知道是不是新疆后遗症。"文阿姨就是上次饭桌上的阿姨，坐童叔叔旁边的那个啊。" L 不记得有这回事，当时火锅桌上有好多不认识的人，都吵得很，好像大家都认识都是亲戚，但 L 没见过几个，所以只在脑子里留下一个集体的模糊印象。童叔叔旁边坐了个文阿姨？不知道。L 妈妈说文阿姨是童叔叔的生意伙伴，她开了好几家化妆品店，店里有面部护理服务。

就像答应跟她妈妈每天一起去买菜一样，L 也答应了跟她妈妈去文阿姨的店里做面部护理。L 不知道这种集化妆品零售和美容护理于一身的小店是不是县城的特色。L 妈妈提前电话约了一下，所以她们去的是文阿姨当天刚好在的店。L 妈妈让 L 叫那个身穿黑色长裙的女人文阿姨时，L 回忆了一下，还是没有对这个女人的印象。实在不应该，因为这位文阿姨蛮漂亮的，而且为人很合适，让人亲切不觉尴尬。她个子算高，很瘦，皮肤偏黄但不影响气质，虽然脸上没什么妆但看得出来很好看。

店的格局是这样的：外面是正常的化妆品店，不大但是很干净，陈列着各种产品；收银台旁边有一扇门，从那里进去，里面是三四张类似洗发店里的那种按摩床，做护理就是在这里面。L 她们去的时候不巧，店里除了文阿姨就只有另一个年轻女孩儿，文阿姨交代好她就出去办事了。所以最终只有 L 做了面部护理，她妈妈只在旁边陪着。

年轻女孩儿人也很亲切，一边给 L 做着面部护理，一边跟 L 的妈妈聊天。聊天中 L 知道了女孩儿是文阿姨的表妹，文阿姨对她很好，带着她一起挣钱。她倒是很愿意讲话，但是话也不密不杂，有条有理。她说文阿姨很能吃苦，一个人很能拼，所以才有了现在的成就，拥有几家店，过着舒坦的日子。她还讲了她自己，她没住在城里，而在县城河那边的镇上，不远，每天都两地来回。她还说她都有孩子了，孩子都上小学了，L妈妈夸她们姐妹俩都能干，她说主要还是表姐的帮忙。女孩儿的手很利落也很温柔，L觉得自己的脸确实得到了放松和呵护，她们离开时彼此都很开心。

十一

没过多久，七月半就到了。在L的印象中，这是个集体出动的日子，不只他们全家集体出动，几乎整个县城的人都在集体出动。这个日子充满流火——那种在大街小巷各处燃烧的祭拜火堆，在傍晚的风中向着一个方向跳跃着飞开。

临近天黑的时候，L和爸妈、外婆就一起出门了，他们要去的地方是县城河边。这个时候已经没有那么晒了，太阳差不多落下去了，只是天还亮着，空气温热。众多家庭在往城边的河走去，那里将承载这晚的众多祈祷。

L很喜欢每年这个时候，她几乎都不缺席，但她始终一副事不关己的样子，家人都认为她是被迫去的，只有她自己知道她对这场盛事有着隐秘的热情。那种大家聚在一起烧纸的场景让她觉得温馨感人，就好像小学时那场于她来说参与度极低的追悼会，当时她在殡仪馆感受到一种集体的、干净无声的亲密。

在最靠近河边的那条路上，丧葬祭祀用品店多了起来，这可能跟这座县城的习惯有关，大概从很久之前开始，全城的人就热衷去河边烧纸。这些本该冷清的店，在这天傍晚会爆发一次不协调的热闹，众多市民都来这里买东西。L站在店门口等待，她看见那些色彩鲜艳丰富的纸房子从地面一直堆到天花板，前面人头攒动。

出门的时候天还是亮的，到了河边天就差不多擦黑了，闪着一种幽蓝的温柔的光。火堆已经星星点点地在河边各处燃烧起来了，这会让人想到电视剧里面那些古时候的河灯场景。穿越堆堆火光，L的妈妈终于选定了一块比较干净的地方。然后他们就开始蹲下身按规矩燃起了香、蜡、纸，同时还要念念有词，但不让人听出说的是什么。

大家在河的这一边朝着河烧纸烧香，烟顺风都经过河面飘到了另一面，河对岸的火光少很多。L在幽暗的火光中想到了河对岸住着文阿姨的表妹。这个时候小舅舅赶来了。

他是从饭局中抽身出来的，待会儿还要回去。他之所以会抽身来烧纸，一是因为他听L外婆的话，二可能因为他是个生意人，该信的都信。L他们已经进展得差不多了，小舅舅就只是拿着黄色的纸张一沓一沓往火堆里放，同时跟大家瞎扯起来，主要是他讲，相当于背后讲人闲话。

L开始以为小舅舅讲的事也不会有多有趣，她在河边捡了根干树枝放在火堆上烧，然后用熄灭后留在上面的黑色的炭在水泥地上乱画。这期间她有意无意地听着他们的聊天，并最终被吸引。

小舅舅是在讲童叔叔的事。他讲得倒是很生动，加入了很多骇人和戏谑的情绪，L的爸妈和外婆边听边附和，周围太吵，L并不太能从他们的对话中判断出这些事情大家是否都早已知情。这里面主要有两件事：一是童叔叔现在一共有三个子女，L见过的那个是最小的儿子，他还有两个姐姐，一个是亲生的，比L小不了几岁，但是个先天不足的女孩儿，从出生到现在都懂不了事、出不了门。L听到一句形容她的话，大意是"像狗一样被拴在农村爷爷奶奶家"。另一个是领养的，也是女孩儿，大概在上幼儿园。第三个健全可爱的儿子完全是个意想不到的福气，怀上不容易，生下来不容易，生下来没有先天问题更不容易，所以他备受宠爱，前两个女儿因此就显得十分可怜了。第二件事是这样的，文阿姨，也就是那个化妆店的女老板，是童叔叔现在的"女朋友"，同时，童叔叔是没有离婚的。说到这一部分的时候，小舅舅压低了声音，大家也都暗戳戳的，在黑夜、人群和火光里恨不得埋起头来谈。L在一旁依然假装漫不经心地画着树枝，一边竖起耳朵使劲听，她听到童叔叔的妻子和他的女友文阿姨甚至都知道彼此，而童叔叔之所以没能离婚，好像正是因为现在这个儿子——这个意外怀上、生出来后没有任何先天缺陷的可爱儿子。他的妻子怀着各种风险、在高龄的情况下生出现在这个健康的儿子，离婚已经说不过去了。

他们继续瞎扯了一会儿，该烧的也烧得差不多了，大家就拍拍手准备撤了。天已经很黑了，再多火光也燃不起夏夜河边的幽暗，L一家顺着河堤的石梯摸黑往上走。石梯上，L的妈妈告诉L，她当初备孕和怀孕的时候，就极其注意，不在任何一个环节出错，烟酒啊、药物啊、饮食啊，什么都注意，这才生出了这么乖巧健康的L。L听着她妈妈说，时不时点头回应，快上到河堤街道的时候，L回头望了望河对岸的郊镇，文阿姨的表妹就住在那里，而文阿姨是童叔叔的女朋友。

然后他们一行人走进了县城微弱的灯光中。小舅舅独自一人兴奋地杀回了饭局。

十二

前所未有的，L开始期待小舅舅和童叔叔的饭局了。每天买菜经过彩票店的时候，她也觉得她妈妈和童阿姨的打招呼不是一般的打招呼了。

果然，没过几天，小舅舅打电话让L一家去吃饭。又是火锅，这次L不再恍神了，她一进门就开始搜寻，童叔叔的妻子没有来，儿子也不在。还是有很多L不认识的人，但是L主要在看文阿姨。这次L不再是个不知情者了，她很有底气的样子，好像跟大家一样该知道的都知道了。

但其实在别人眼里，L看起来始终都是那个死样子，不声不响。

这次L看清楚了，文阿姨确实是和童叔叔坐在一起的，但没有什么过分亲昵的表现。

可能正是因为大家多多少少都知道点童叔叔和文阿姨的事，所以反而没人专门讲他们，大家都正常吃喝。

彩票店的童阿姨也带着她老公和女儿，L尝试逗她女儿，可是她很不领情，跟她表弟一个样。只不过他表弟是内向化的，不被你逗，不搭理你，但是不会给你不好看，让你很没办法。童阿姨的女儿不一样，充满着一股机灵劲儿，不，是机警，她对L好像十分不满，才四五岁的人，漂亮的大眼睛对L发射着满是怀疑和不屑的眼神。L在众人面前对她的顶撞和辱骂保持着礼貌，但趁人不注意的时候她会用眼睛瞪小女孩一眼，意思是你别给我嘚瑟，你以为我爱搭理你。据L的妈妈说，童阿姨是二婚，之前有个儿子，已经参加工作了。现在这个女儿是后来的。L看着饭桌上小女孩的父亲，也就是哑巴鞋匠的哥哥，他一脸平静又不乏笑意，对他女儿充满全身心的保护和怜惜。L突然觉得基因是个很神秘的东西，超越了生物课本上的理念。

吃到饱的时候，桌子上也没说出些什么值得一听的事。就在这样的时刻，大家好像才把情绪调动好，酒也喝到程度了，不知道为什么，文阿姨开始讲起了自己。当然，也不是说她讲，全部人就都静下来听她的，饭桌上还是三堆五堆的，很混乱，只不过L选择了文阿姨。

文阿姨讲得挺稳的，没有张牙舞爪的气势和情绪，她边喝酒边吃菜边讲，就好像讲的那些事并不是她的。她说她很小的时候父母就相继过世了，她自己带妹妹长大，辛苦打拼。这个漫长的过程她没有专门讲述，而是简洁清楚地带过。后面的内容L也有点记不得了，因为其实内容都没有什么特别重要的。文阿姨讲什么都不细致不具体，只是略微碰一下。但是她讲话让L愿意听，即便之后并没有记住什么事情，也会让人对她留下舒服的印象。

吃完饭，文阿姨没有跟童叔叔走，而是随L一家散步。在黑夜里，文阿姨显得很沉静，但在话语里还是向L的妈妈透露了些没有在饭桌上表现的无奈和脆弱，同时她依然适可而止，表现得不易察觉。

之后的几次吃饭，文阿姨都挺愿意跟L的妈妈坐一起的，大概她们很谈得来。她说她是离了婚的，但没说什么时候离的，可能很多年了，也可能不久。L的妈妈问她孩子的情况，文阿姨说有个儿子，一比较年纪，发现她儿子的年纪竟然跟L差不多，只大L一岁。L的妈妈问文阿姨为什么她儿子每次都不出来，文阿姨说他不愿意出来。L觉得她妈妈很傻，文阿姨跟童叔叔这关系，她儿子要怎么跟童叔叔相处。L的妈妈又问，那他是在上学吗，还是工作了。这个问题让文阿姨显示出少有的为难，但一样很轻微，不易察觉。她说儿子在工作，不等L的妈妈问在哪里工作，文阿姨自己就说了，在西山的精神病院工作。L的妈妈一时之间感到为难，但又觉得停在这里反而别扭，她就问，是医生吗。文阿姨说，不是，只做点乱七八糟的杂事。然后L的妈妈就彻底不问了，因为不好问了。

十多年来，L几乎没有遇到过这个暑假这样的事，人世间反常的事件一环扣一环地、连续地在她周围发生，而且似乎没有要突然中断的意思。她甚至有一种显得魔幻的想法：照这样的趋势发展下去，自己可能也会混入童家或者文家，莫名其妙地成为里面的一环。

L知道县城的殡仪馆在东边，而西山有个精神病院？西山正是河那边的郊镇，是七月半的时候他们在河这边看得见的那一片，是文阿姨的表妹居住的地方。

河并不宽，所以在这边其实是可以看得见对岸的一些面貌的。L小时候也去那里玩过，西山有一个几乎荒废的公园，全靠一个年代久远的白色石塔撑着。L不知道精神病院应该是怎样的，但是根据她的想象，它可能是对岸低山上的那几栋黄白色的小楼。外面看上去不错，但里面应该是潦倒的。河那边人少，在夏天恍亮的画面里，那几栋斜立半山上的黄白色小楼显得阒然无声，像在绿色植堆里安静燃烧。

其实精神病院到底什么样子并不太重要，重要的是文阿姨的儿子为什么要在精神病院工作。大城市的精神病院应该是明亮宽敞的，和其他普通医院一样，有专业的医生，有完备的科室，诸如此类，让人一眼就知道它是个医院。而县城郊外的城镇精神病院默默无闻，它显然是不太一样的。L跟她朋友去过甘肃，在敦煌火车站旁边，她们曾路过一个名叫精神卫生院的地方，它位于一个堆满垃圾的荒废街头，杂草丛生，大门的铁窗生锈，里面没有一点声音，像是一个废院子。在L心里，处于县城郊镇的精神病院差不多可能也是那样。

所以文阿姨的儿子在那个精神病院打杂是件荒唐的事。

十三

文阿姨比童叔叔还大几岁，不年轻了。但她的五官是好看的，眼睛大，鼻子挺。所以在 L 的想象中，文阿姨的儿子应该也是个瘦且好看的人，在精神病院工作并不会让他的形象在 L 的想象中有所败坏。L 并不喜欢身上满是希望的那种人，一个好看的男孩子在毫无希望的精神病院做着杂事，这让 L 在接下来的几天里都充满猜想。

有可能"儿子在精神病院打杂"这种说法本身就是一个谎言，是文阿姨的某种隐瞒或催眠，比如，男孩其实本身就有精神方面的问题，无可奈何，文阿姨就把他放到西山的精神病院去了，让他安全地生活在世上。这种猜想让 L 想到了童叔叔的第一个女儿，她因为先天的缺陷从小到大都被关在乡下爷爷奶奶家，"像狗一样被拴着，被牵着走"，这些都是没有办法的事。文阿姨的表妹不就住在西山吗，她可能还肩负着时常关照男孩的责任。

如果"儿子在精神病院打杂"的说法属实，那又是什么情况呢？即便他儿子不学无术、没有一技之长，以文阿姨在县城的经济实力，她也完全可以为儿子谋一份体面的工作，甚至直接让儿子在自己的店里帮忙，或者干脆先让他在家玩几年白养着他，这些都是可以的。L 高中毕业，男孩只比她大一岁，那正是读大学的年纪，他为什么会默默无闻地在精神病院工作呢？那个精神病院听起来几乎不存在——或者西山精神病院本身的存在就是文阿姨的谎话？西山可能根本就没有一座精神病院？

或者男孩确实是个糟糕到极致的人。从小就学坏了，各种意义各种层面上的坏，不留一点余地的那种，作奸犯科，不留一点单纯和有趣，甚至坐过牢，所以才没有地方可以容得下他，而荒废的、疯人院一样的地方能勉强让他待着。这在逻辑上说得通，但是这样的猜想本身未免也太夸张。L 不觉得文阿姨的儿子是到了这种地步的。

L 更愿意相信男孩就是个没有热情没有想法的人，偶然的情况下他就选择了精神病院，然后在里面认真地做着打杂工作，仅此而已。

总之，文阿姨的儿子近乎虚幻的生活意象让 L 充满好奇和想象，她大概有一种一探究竟甚至加入其中的隐秘愿望。

而这个隐秘的愿望有一天突然有了依托，不可思议。L 不知道她妈妈到底瞒了她些什么，也不知道她是故意的还是无意的。她妈妈总是在一些关键的事情上对她避而不谈，好像那些事并不重要，不至于让她向女儿提起。

小舅舅回新疆前约了个饭局，都是些这个暑假聚了很多次的人。吃完饭后，文阿姨还是没有跟童叔叔一起走，而是跟 L 他们一家散步。其实 L 对之前的饭后散步也没有实在的印象，大概人在喧闹的火锅桌上吃饱后，会有点飘。她不记得前几次大家最后是怎么分别的了，在什么地方、什么时候、以什么样的情绪。而这次，她都快疯了，文阿姨跟她们一起上了小区的平台楼，然后在栋与栋之间的路口告别。L 压着自己的惊奇问她妈妈这是怎么回事，她妈妈也吃得很饱，漫不经心地说什么怎么回事，文阿姨就住旁边那一栋嘛。她妈妈还一脸疑惑地问 L，你不知道吗？

L 瞬间觉得她妈妈是假的，文阿姨也是假的。

她当然不知道了。她从哪里知道文阿姨居然跟自己住在一个小区，隔得如此近。回到家后她从窗外看出去，妈妈顺手给她指说，看嘛，就是斜右边那一户嘛，只跟我们隔了一栋。

文阿姨跟他的儿子就住在离自己这么近的地方，L 突然觉得筋疲力尽，她觉得自己好像跟西山的精神病院也只隔了一栋楼的距离。

十四

而这一栋楼的距离又是十分远的，不在计量之内，可能永远是隔开的。

随着小舅舅的返疆，L一家的生活陡然又回到了平静无聊的状态。因为小舅舅走了，所以童叔叔就成了不存在的人，已经完全不在L他们的生活里了。唯一还跟童叔叔勉强相关的，就是他的姐姐童阿姨，但L和她妈妈也只是在经过彩票店的时候偶尔跟他们打招呼。而又由于小舅舅离开了的关系，她们之间的寒暄好像都变得没有理由了，比小舅舅回来之前还不如。

但在这个时候，L对文阿姨儿子的好奇已经完全超越对童叔叔的了，如果她想知道童叔叔的消息，那么她完全是想曲折地通过童叔叔了解到文阿姨，然后通过文阿姨了解到文阿姨的儿子。

可小舅舅走了，所有事情突然就断了，比他回来之前显得还空白。躺在暴烈午后的空调房里，L把窗帘关好，但还是很亮。她一动不动，显得很无聊，但是脑子里充满各种形象和线索。整个暑假的事情就像一种故意的编排，从童叔叔开始，不，从彩票店、从哑巴开始，所有事都在秘密相关，好像已经到了全盘托出的地步了，L觉得，应该就差那么一点，她就能知道全部的事情了。但是事情卡住了。

关键就在文阿姨的儿子，他成了包含所有线索的人物，仿佛他的经验一被探知，全世界的事就都会通透地展现在L面前，包括隐秘的精神病院、反常的生活节奏、混乱的婚姻和爱情、先天的缺陷和疾病……

L陪她妈妈逛街买菜的次数多了起来，她有一个妄图在小区遇到文阿姨和她儿子的念头，可是她一次都没遇到过他们，L又开始在暴烈的阳光下怀疑一切事情的真实性了。

　　终于有一天，在L的梦里，她艰难地走到了文阿姨家的那栋楼。那栋红白相间的小区楼，L终于走到了楼下。她使劲揣摩着这栋楼，久久不敢上去，还要不时地窥探周围来往的人，她怕别人知道她的想法。这是一个极其沉重的梦，L在空间里乱撞，反复来回，始终不敢爬上那栋楼的楼梯。她的脚很重，楼梯是灰色的，像一种暗冷的金属一样在拒绝她，迫使她永远也不可能走到楼上去。

　　这个梦有了第一次，就有了之后的很多次。长时间下来，L开始分不清现实和梦了。她觉得自己白天也在实践那个梦，她没事可做，就在那栋楼荒芜的楼梯里滞留、躲藏，她觉得她白天一直躲在楼梯里，她想去找文阿姨和她的儿子，跟他们问一些事情，或者说点任何别的什么。这成了她解开整个暑假的决定性事件，所以不能不实现。但是她又办不到，脚太重了，身体不听她的使唤，她甚至已经瘫在楼梯上了，爬都爬不上去。

　　西山离城中心太远了，要走好多路到河边，然后再过河。L想干脆直接去西山的精神病院算了，说不定她运气很好，就会在那里直接找到文阿姨的儿子，而且她会很快就表述清楚事情的来龙去脉，文阿姨的儿子也很快就听懂一切，然后他还带着L参观他工作的这间精神病院，并一边跟她讲他的经验和他所知道的事情。L就此会明白一切，最后满意离去。

　　可是那里太远了，L也并不知道那家所谓的"西山的精神病院"到底在哪里，在不在镇上，还是更偏远的地方。所以她没有去，就像她上次从公交车下来想确认殡仪馆的样子一样，她最终还是会由于懒惰和其他一些原因而放弃。

她希望自己也快点放弃所有的想象和猜测，或者谁能把所有她不知道的东西全都告诉她。或许是那个哑巴，他不能说话所以会知道很多事情，并且愿意告诉别人……L觉得整个暑假的事情都该重新捋一遍，最好重新来一遍，那样她会应对得更好，而不是像现在这样所知不多。就从去新疆的时候开始重新来一遍：他们在开往西北的列车上疲惫不堪，慢慢驶离。车上有一桌不时发出光的年轻混混，说不定文阿姨的儿子就在那几个人里面，这也是有可能的，L越想越有可能……

随着所有可能想法的堆积，时间在缓慢推进，又在这些想法的互相影响消磨中，这个可以想象的最漫长的暑假也快到尽头了。

十五

L渐渐冷静下来，她安慰自己一切都是她的无用想象。折磨她的东西其实什么都不是，在别人那里根本都无从谈起。

所以她打算抛弃一切想法，或者任想法发展但把情绪撇出去。这两者不能共同进行，否则人会很痛苦。她在漫长的摸索中仿佛找到了自救的逻辑。

因此，她有了一个清晰的、强有力的办法，抛开了一切复杂的思虑，不让人发现她脑子里的东西，同时能解决问题。她是这么打算的：保持清醒地走下楼，绕个弯拐到文阿姨家的那栋楼，然后像所有拜访者一样按响单元楼的门铃，文阿姨或者她儿子会在家里听到声音，接起电话。如果接电话的是文阿姨，L能清楚地说明自己的身份；如果接电话的是一个男声，L就告诉他，她是来找文阿姨的，她是文阿姨朋友的女儿，也住在这个小区。他们没有理由不给L开门，大门会被打开，L像走所有路那样走上楼梯。在楼梯间她可能会碰到楼里的其他住户，她也不会因此惊慌，因为她不过是来拜访一个认识的阿姨，没有什么奇怪的。她还会跟楼梯遇到的人微笑示意，他们甚至可能会因此以为L本来就是这栋楼的人。最后，L会顺利地走上楼，她用合适的力量敲门，里面的人会来给她开门，她被邀请进去，然后视情况而定。如果情况不坏，氛围很好，她就坐下来跟文阿姨或者她儿子聊一些话，反正她知道众多相关的素材和线索；如果情况尴尬、氛围很糟，她就告诉文阿姨或者她的儿子，她爸妈出门了，她把钥匙锁在了家里，天气太热了，她想就近来吹吹空调，等她爸妈回来。

这一切很合理，没有一点差错，天气热真是件好事，是一个刚刚好的理由。总之，这样一来，她就能见到文阿姨的儿子了，跟他说上话，甚至了解到他跟精神病院的关系。L决定就这么办，然后不论结果如何，都再也不管这件事了。

L做好了一切准备，她没注意到在她思考这些流程的时候，闷热的天气有了变化。恍亮的天空在急速变阴沉，厚重的黑云在靠近。就在L刚缓过神的时候，外面突然下起了暴雨。小区的雨棚变成了鼓，千万人在捶。玻璃窗瞬间糊了，雨势骇人，L觉得窗子都在摇晃。街道上的车子不停地在按喇叭，她躲在房子里突然没了想法。雨就像在泼，没有了正常雨的那种以滴计算的声音，它呈现的是一种电视剧里人工造雨的效果，倾盆而下。闪电和雷也开始交替了，L收到了她妈妈打来的电话，让她去阳台收衣服。她一个人在家，在这个时候感到了委屈，但她还是乖乖地打开了阳台门，大风和雨瞬间淋湿了她，她在想洪水会不会淹到楼上，河里涨水的话西山的精神病院要怎么办。她顶着雨抢救了衣服后，艰难地逆着风关上了阳台门。天越来越暗，狂风暴雨有种末日的气息。她爬到飘窗上站起身往外看，街上已经积起了好深的水。

在这样的暴雨中L再次感受到了殡仪馆里人与人之间的那种亲密氛围，她体会到一种缺失的温情，大家有必要站在一起。她想到了在新疆的那次野外烤肉，那天冰雹的到来也是突然之间的事。大家在旷野里尖叫惊呼，打成一片，边吃肉边看着冰雹在自己眼前砸下来。

暴雨给了L灵感，她发现她确实应该走出门去证实所有想象，让它们是怎样就怎样，然后她还要依照自己的感觉有选择地参与进去，把每件事都落实做好，变得富含人类情感。

暴雨在催化她的深情和脆弱。

可是L忘了一件事，当时新疆的冰雹在短时间内就骤然停止了，现在可能已经没有人还记得冰雹发生时的状况和感受。同样的道理，刚才势不可当的暴风骤雨也突然说停就停了，没过半小时，外面阳光的暴烈程度甚至超越了下雨之前。

在突如其来的明媚恍亮之中，暴雨时的感受和打算L一点都想不起来了。

凭

空

记忆这种东西，怎么说呢，它不等同于历史，因为它的很大一部分源于虚构。

　　我现在要讲的这个事，就是莫名其妙从我脑子里冒出来的——记忆。我把它当作是我的记忆，所以它的真实性是值得怀疑的。

　　这个冒出来的东西一开始只是个场景，由这个场景延展开去，我深情地怀想起了我的童年。

　　要说明的是，这个场景在此前从未出现在我的脑海里。它可能只是作为一个事实存在于早已过去的时空，仅此而已。我根本没打算记住它，自然也就谈不上忘记，所以，说穿了它什么都不是。

　　它在当时就已然作废了，在我以后的几十年中也毫无痕迹。

　　它凭空消失。

　　又凭空出现。

　　就是在这样一个毫无准备的情况下，那个乞丐的形象突然显现在我的脑海里。这件事毫无征兆又自然而然。毫无征兆的意思是，它此前从未在我的脑海里出现过，它不存在于我可感的、承认的印象之中。它就像我偶然经过的某条河里的一块平凡丑陋的卵石，我没理由记得它、怀念它、欣赏它。自然而然的是，它的确发生过，并且也不像小石头一般平淡无奇。我只能说，这个乞丐和与他相关的东西曾是我不自觉的童年里的一个事件。

人人的童年都是不自觉的——小孩子只能对周遭做出感官上的接受和情绪上的直白回应。所有发生过的都只是故事，而非意义。

故事的意义取决于看故事的人。同样一个故事，对小孩子来说只是某天的所见所闻。对于现在的我来说，它则可能是某个尚未被发掘的、神秘诱人的、意义深刻的事件，这事件带有某种象征色彩，它丰富了我的童年，隐喻着我的未来。它与我相关，是我性格的一部分，是我命运的一部分。

所以，我现在要来讲这个故事，并不因为它本身有多大的魅力，它甚至根本不动听，不具备一个完整的故事该有的因果报应。我要讲述它，是为了满足我自己的某种需要，比如，以往事的生动来弥补现在的苍白；比如，用一个与我相关的故事来展现我的不同凡响；比如，凭借故事的落魄感来传达一种自怜自负的情绪；比如，通过一个不为人知的小故事来解释我性格中隐秘的部分……这些动因都有些卑鄙可怜。

不过，我还得坦诚地说，当这个故事突然显现时，我只不过想让它完整重现。回忆的过程是很单纯的，那些卑鄙的动因只存在于我要把回忆讲述出来的念头中，并没有掺杂在回忆本身里。

所有故事对于现在的我都有着吸引力。它们可以充当线索——凭借它们，我可以还原小时候的部分真相，以此探知自己的变化。这种做法有些病态，它往往是老人尤其将死之人的嗜好。

也就是说，我大概一直缺失着很多生命应有的活力。

但是我不难过，也不以此自哀。我安慰自己，那些缺失的活力转化为了旺盛的记忆力和想象力，它们让我有另一种存在方式。

故事开始了，首先我要介绍的是，它融入了我童年最真实的底色——落魄，飘零。

这绝不是无病呻吟。

我，我的童年伙伴以及我们的父辈相依相伴地生活在一个无名小乡镇的一幢三层筒子楼里。这幢楼俯视乡镇的一条马蹄形街道，左右和背面均倚仗着深山。这样的格局让我一直认为，这幢楼孤独地霸据着世界尽头。"世界尽头"并不是一个虚美的概念，它拥有让人泄气的实际面貌——一幢筒子楼以及护楼的深山。我们这群人，是被新世纪漏算的弃民：自由、无知、孤独地生长在这里。

我们的父辈能带着我们生活在乡镇这幢有尊严的、得天独厚的楼里，完全是凭了他们的身份——乡村人民教师。

这个概念对于我们的父辈来说，大概只是一份糊口的工作。对于孩子的我们来说，它则是一种身份，一份尊严。我们依凭它而有了一种天生的优越感，常常因此为所欲为。对街上的居民和乡下的村民来说，人民教师则可以算是一份尚不明确的希望，它神圣不可侵犯，关联着他们儿孙后辈的出息。

因此，这幢长长的筒子楼独具威严，它霸据山腰的灵秀平地，背抵世界尽头，俯瞰苍茫人世。我们群居其中，正是恰到好处。

我喜欢这幢楼，喜欢它黄白黄白的颜色，喜欢它时而死静、时而闹腾的脾气。它气度非凡，不卑不亢，乡村的落魄只会为它增添风采。

在夜晚，它与黑暗融为一片，不展光亮。在白天，它与周遭和谐共处，不声不响。

我们小孩子充当这个空间里最灵活生动、不受控制的部分，大人们的事则构建出人世该有的或显然或隐秘的部分，可稀松平常，可俗不可耐，可无以言喻，可深刻动人。

总的来说，我们是一群快乐的人，当然，由于身处乡村，这种快乐就自然而然带有一点愚昧、自欺和落魄的意味。

乞丐的出现让这份落魄变得更具体，继而深入人心。

那时我应该才三四岁，我们楼的小朋友与我年龄上下相差不过一岁。也有更大或更小的，但这样的小朋友与我们不常往来。人与人之间的往来亲疏很大一部分关乎身份。那些与我们不常往来的小孩本身与我们并无身份差别，但是，他们的父亲或母亲中只有一位是老师，甚至是代课老师——这就是身份。像这样的情况，即便分配到了房子，他们也不常常住在这里。他们另有赚钱的门道，还很可能在街上拥有一栋二层小民居。在我印象中，情况最糟糕的是一位年轻的男美术老师，他妻子是乡下人，他自己又非正式教师，他常常独宿在三楼，在无课的时候也常常回到场镇以外的广大乡村地区种田。他的儿子与我们同岁，成天随着他爸在筒子楼和乡野间转换出没，整个人带着一种阴郁、不自信的气息。

那天下午，我们一伙小孩在楼下不大不小的水泥院坝上玩儿。

也不记得玩的什么游戏了。身处乡村，时空感于我们来说是模糊的。模糊缘于顺理成章——我们自然而然拥居着一楼一山，对那种在城市享有一套独房的苦乐毫无察觉。我们无所事事，挥霍时间，全没有"追赶"的概念。"世纪交替"这个激动人心的词不曾流落在我们的生活中，在这样的时空里，我们为自己创造着各式各样的集体游戏，不受干扰，快乐满足。

我们在水泥院坝上飞奔、追逐、喊闹，我们围着左边的一棵高而瘦的老树跑，从水泥砌的乒乓桌下的双洞爬过。我们在汗水和吵闹中让时间骇然变色，毫无对策。

"看！"熊（比我大半岁的男孩，是我们的领军人物，他机灵聪明又滑头，长大后应该是很能混的角色）在院坝右边的小铁门旁大喊了一声。我们顺着他手指的方向，穿过那低矮窄小的绿铁门，看到校门外缓坡上的垃圾房边站着一个乞丐。

我们有理由认定他是乞丐。他衣着模糊，灰灰黑黑的衣裤与他的脸色融为一气。夏秋之交他穿着好几层，头戴破帽。他就这样不声不响地出现，让我对乞丐的形象又多了分认识——神出鬼没。

我们停下了游戏，认真专注地看着他。大家一时都不说话令气氛显得有些怪异尴尬。我们显然是被一个实实在在破破落落的乞丐吓着了。眼前这个真正的乞丐并不像电视上演的那样亲切可怜：他没有向我们点头弯腰，没有说诉苦话或吉祥话，没有伸手问我们要一个馒头。他呆站在那儿，表情乖张。他有点儿，他有点儿……

总之，我们僵持几秒钟后，全被吓跑了。为他的肮脏、丑陋、怪异，我们全部掉头往楼上跑，我们边跑边叫："乞丐来了！乞丐来了！"

我现在都还不明白，我们当时那样一路喊叫是出于怎样的心情，或者说，怀着怎样的目的。

二楼一个叔叔闻声探头出来，望了望楼下校门外的缓坡："哟，这不是刘心福嘛！"他又像在自言自语，又像在给楼上的大人们通报一个不冷不热的讯息。

自此，刘心福这个名字像一个暗号一样被我们挂在嘴上。无聊的时候，不知谁小小地叫一声"刘心福"，所有孩子就会跟着起哄，大喊"刘心福"，我们以此为乐，扯着嗓子地叫："刘心福！刘心福！刘心福……"喊声此起彼伏，毫不断绝。我们像是在讲一个众所周知、百听不厌的笑话。

本来，刘心福这个名字是很周正的，俗是俗气了点，但它温馨可爱，饱含了一种过平凡日子的敦厚善良的情味。然而，当它一旦被众人发掘，佐以趣味，加以利用，再通过四川方言喊出来，便有了一种下贱卑微可鄙可笑的味道。

我们在这样的叫喊中，扮演了剥削者的角色。

再说当时，我跑上楼，撞见楼道上的母亲。我气喘吁吁，表情夸张，音调高亢："妈妈！乞丐来了！"我记得很清楚我妈的反应，她淡定自若地朝我微笑，让我去洗手吃饭。我为她的处变不惊感到羡慕和崇拜。

当晚又遇停电。

大家从黑黢黢的房间里端出饭碗，二楼三楼的倚在自家门前的廊台上吃，一楼的挪出椅子板凳在乒乓桌上凑成了一桌热闹饭。

我们几个孩子不谋而合地叽叽喳喳起来，说的全是下午遇到的乞丐。作为见证者，我们有一种诉说的强烈愿望，可事实上，我们来来回回说的不过也就那么几个意思。最后，不知道哪个叔叔边吃饭边吐出了一句："不就是个乞子嘛！"我们木然停了下来。他轻描淡写的一句总结打击了我们所有讲述和倾听的热情。是啊，不就是个乞子嘛。

乞子刘心福——这是我们的全部了解。

我们不再去谈论他。生活对我们来说，并不是非他不可的一个人或一个场景。

就在忘掉他的日子里，孤立事件又发生了。

当我自主回忆往事时，激活我记忆的往往不是某个具体的故事，而是一种生动的情绪。在有关人际交往方面，怨恨自哀的情绪主导着我的一大部分回忆。

我至今都弄不明白，我为什么总是被孤立。

我小时候明明毫无个性——这一点让我失望，可它是事实。在我的印象中，小时候的我具备一个典型小女孩的个性和特征：怕孤独、爱热闹，为了合群而人云亦云随波逐流毫无见识。我骄傲虚荣，也爱听赞美，最主要的是，我曾是那么软弱。我不明白，凭这样一个近乎善良愚笨的形象，我为什么会遭到众人无情的排挤。莫非人性天生就带着一份不清不楚又根深蒂固的特点？

事实上，我还完全拥有一个该受宠爱的小女孩的特征——我成绩好，字儿写得好看，我能歌善舞，还记忆力惊人（每天早上，都有学生早早来我家门前给我妈背书，背的都是古文古诗名篇。我妈边听边给我喂饭，我在我妈怀里听着听着就会了。等到下一个学生来背的时候，他卡住背不动了，我就像个天才一样顺着接背了下去。那个时候，我还一个字儿都不认识）。我在各方面都表现出了超于常人的领悟力和天赋——我和岚是楼里公认的有天赋的小孩。

岚比我小半岁，脸小嘴红招人爱，这一点我自愧不如。我从小不爱吃肉，长得瘦瘦小小，面色泛黄，一副营养不良的样子。即便如此，我还是被楼里的人拿来与岚做比较。我不知道原因，更不知道为什么我俩也欣然接受了这种安排，自然而然地在我们幼小的友谊中混杂了诸多模糊复杂的因素。因为楼里的大人们，我们天生注定成为一对莫名其妙的对手，我们亦敌亦友，明暗相较。我怀疑，我们的关系是大人们的阴谋，是他们的游戏。

现在想来，这游戏未免残忍。

不论小孩还是大人，绝大多数都喜欢岚。我作为一个显然的失败者，却还要被不依不饶地放进这场两人对抗中。矛盾就此产生，孤立事件也就不可避免了。

具体的情况我记不起来了，反正这次孤立事件极端恶劣，以至于我永远都记得那副自己被孤立的惨象。

我任凭我爸拽我拎我，泣不成声。他把我拖到二楼尽头的会议室——大人们在这里打麻将。我爸一把将我塞到我妈怀里，他的言下之意是：这个麻烦的小东西，你看着办吧。

我横在我妈怀里，挣踹、哭喊、谩骂。我妈不冷不热地问怎么了，我爸盯着牌局不理她。我瞪着湿漉漉的眼睛看着他们，他们没有任何回应，这让我干脆扯开嗓子肆无忌惮地哭起来——我是真的伤心了。

撕心裂肺的哭喊烦到了在场的人，他们都问我怎么了。我以为他们是在关心我，所以极力忍住哭泣困难地吐出了声音，我呜呜咽咽，自己都听不清自己说了什么。大人们却从几个关键词中找到线索，他们说："哦，是来告状的嘛。"我显然被他们这一句绝妙而冷淡的话弄蒙了。

我觉得到了鱼死网破的境地了。

我狠狠地踢我妈的肚子，我要离开这个怀抱，我把头往外伸，做出鱼要入水的动作。我要去找他们算账！

可我始终没有挣脱。我只是哭。哭声满是悲痛欲绝又死不瞑目的意思。

我在绝望中想到了致命的一击，我用仅剩的力气大喊了一句："×××，瓜娃子！"×××是岚的妈妈的名字，她正跷着二郎腿坐在我妈对桌，正是她的女儿带领众人孤立了我！

那是我平生第一次叫长辈的名字，并且用了我知道的最卑劣的脏话骂了她——瓜娃子。这样指名道姓骂人的大胆行为，表明我已陷入完全的绝望和无所畏惧。我当时想，骂完你，我死了也行。

在场五个大人都有的没的笑了一笑。他们的笑，意在鄙视我的幼稚，忽视我的勇气。

丧心病狂！

我扯开嗓子吼了一句："你们都是瓜娃子！"

然后嗓子里冒出一股腥味，我筋疲力尽。

我把这一吼当成临死前的英雄行为。

我在我妈怀里睡着了。醒来的时候我嗓子里像灌满了沙，眼睛也肿得睁不开。我看到下午的阳光从窗户透过，洒在岚的妈妈的头发上。那一刻我肯定被某种我不能表述的事实触动了，比如，日子轻快又沉重。

触动归触动，我感受到了嗓子的不适，感受到了眼皮的沉重，看到了光和岚的妈妈的头发，那么，我并没有死。我骂了人，可我并没有死。我没有死意味着我要为我先前的放肆行为承担后果。我害怕了，怯怯地从我妈怀里滑下来，逃出了会议室。

我一个人在楼道上晃悠，此刻大人们在打麻将，小孩们在游乐，我被两方面抛弃了。

就是在这样的状况下，我又看见了刘心福。

我一个人遇见了刘心福，这个怪异肮脏的人。情况可怖，我孤立无援：没有同伴陪我逃跑，没有大人一笑了之。四下无人，我是被抛弃了的，所以只配遇到乞丐。

我便不怕他了。我没有了"怕"的资格。

我毫不忌惮地在绿铁门边望着他。在这个对峙不语的时刻，小小的我可能深刻地体会到了一种宿命的意味：我和垃圾堆旁的刘心福没有分别。

怀着这样一种同病相怜的心情，我傻傻地问了他一句："你的朋友呢？"

他颤了一下，神经质一般，眼神怪异地瞪着我。我吓了一跳，从之前的无所畏惧中清醒过来，我后悔和他说话了。我往后缩，把小绿门关上，在里面抵住门。这时，他机械地摇了摇头。

他的意思应该是：他没有朋友了。

我在门里手扶门框又开始和他说话了："那，你爸爸妈妈呢？"

我等待着他的回答。他却又只摇了摇头，并伴以微笑。

"你不会说话？"

他还是傻笑。

这个既哑又傻的乞丐分散了我放在孤独难过上的注意力。他没有伙伴，没有父母，不能说话，衣着邋遢，脑子犯傻……他像个奇怪的动物出现在这幢筒子楼的专属垃圾房边，他是陌生而新奇的。

在这个各人有各事做的初秋下午，我和一个哑巴乞丐说了一下午的话。我脚蹬在小铁门上前前后后地晃荡，他站在垃圾边傻笑瞎比画。

我越说越高兴，铁门被晃得吱吱呀呀地响。

这是一个愉快而奇异的下午，我骄傲地想：我与乞丐对过话，而他们谁都没有这份天资和魄力。

回到家的时候，我妈的牌局已经散了。看到她，我才突然重新意识到之前犯的滔天大祸。我下意识把双手背到后面，靠在门口不进不出。我在等待审判。

"回来了？跑哪去了？"

我以为这是客气的开篇词。

妈妈转过头来盯着我，我又往后缩了缩。

"下回别这么傻了。"

我妈说的傻，并不是天真可爱、让大人无可奈何的那种傻，她说的傻并不包含安慰和爱意。她说的傻，是真傻，是笨，是不懂局面，不会审时度势。

按照我妈的理论，我和岚斗争的关键在于谁能表现得更聪明。这个"聪明"是个含义丰富的词，包含胜利、欢笑、受青睐等一系列正面积极的意思。我被孤立，岚受拥护，这是我的不聪明之一；我哭着来告状，而岚她们在另外一处正玩闹得愉快，这是我的不聪明之二；我没皮没脸地骂了一通人，让我妈在场面上很不好做，这是我的不聪明之三；我的无理取闹让我妈心情烦闷打牌输钱，这是我的不聪明之四。

我觉得我妈说得很对。她的这一通解释让我泄气。我的不聪明不仅仅是我的不聪明，它还可以转而成为岚的聪明。我当时怎么就想不到这些呢？我完全没有这么聪明的逻辑，这让我感到懊丧。

我妈看出了我的悔恨，意味深长地说了一句，以后放聪明点就行了。

我是爱我妈妈的，她聪明又善解人意。虽然她的"阴谋论"在我现在看来有自作聪明、不合时宜的成分，但那并不能抹杀她爱我我也爱她的事实。每当我被同伴们孤立后，我妈都是我唯一的倾诉对象。只要没在打麻将，她都会代替抛弃我的那个群体，像个孩子一样陪我玩，她和我一起做手工，把绿色的塑料瓶做成花篮，用报纸折小狗，用废布料给芭比娃娃裁衣服……

这些拥有母爱的温馨时刻让我突然想到了刘心福——他没有妈妈。可怜的刘心福，他可能才真的是从垃圾堆里来到这个世界上的人。不过，他不是被妈妈捡来的，他是自己从垃圾堆里钻出来的。这也就是他钟情于垃圾堆的原因。

我把下午遇到刘心福的事告诉了我妈。我把这个秘密与她分享，既是表达我对她的信任，又是用以答谢她对我的宽容和教诲。

我妈的反应却让我失望——她毫不惊喜，漠不关心，她只是拍拍我的脑袋，问我晚上想吃什么。

她不能体会，我对这天下午的刘心福多少是抱有一点儿感激的。因为这份感激，我好像开始对刘心福的生活有了那么点儿好奇。

大人们无意间也会提到他，他是个镇上的人都知道的人物。半小时车程外的场镇上会出现他，他会在镇上的矮楼、商店、社区出没。更多的，他则游走在广大的乡野地区，没头没脑地出现在村舍、田埂和二级公路边。

虽然我不曾深入那片广袤的乡野之地，我不知道那些隐秘于世的山山水水之间的很多道路和房子，但我能想象，我能想象那片天地宽广而低平。我不能想象的是，刘心福在无人陪伴的情况下，夜晚深入无人之境，白天又浅出在众人面前。

孤独是件多么可怕的事啊！

那晚我梦到刘心福走在一条红泥路上，他背后延伸出来一片无限向右的油菜田，左边腾空一栋二层小楼倚在山上，石梯路从上面蜿蜒下来，石梯的尽头，是一块自然形成的垃圾区。

我耻于把一个与乞丐有关的梦与我妈分享，第二天，我对刘心福的感激就随着这份羞耻感散去了。小孩子的感激来得真诚也去得坦然。我凭借这份孩子气的坦然一笔抹杀掉了所有。小孩子的虚荣和卑鄙啊……

几天后，我们一群小孩子又在楼下校门外的缓坡上看见了刘心福（是的，我和抛弃我的同伴们和好了。这种事情自然而然，以至于我都忘了它发生在什么时候，或许是当天，或许是第二天）。我拉起岚的手，下意识想带着同伴们避开这个乞丐。我和这个乞丐说过话，我和他玩过一下午。这个事实在当时令我感到骄傲，现在却令我感到羞耻。因为我真正喜欢的是我身边的朋友，他们与我同在一幢楼里，他们穿着得体，他们聪明活泼。我是属于他们这个群体的，与孤独的乞丐无关。这是一种自欺欺人的撇清。

我拉着岚往门里走，这时，一个闷响激起了几个男孩英雄般的笑声和喊叫——不知谁拾了块石头砸向了刘心福一年四季穿着的厚几层。我转头去看刘心福的反应。虽然我对几个闹事的男孩感到讨厌，可我在这个时候却急切地想看看刘心福的反应——一个哑巴乞丐被激怒时的反应。

事实是，刘心福没反应。他只是面部微微抽搐了一下，似笑非笑。我猜，他并没有被激怒。

我拉着岚的手走了两步又回过头来冲男孩们喊了一句："真没出息，欺负一个乞丐。"

我的嘲讽和乞丐的无动于衷从两个不同的方向激起了男孩们继续使坏的念头，熊带头喊了一声"刘心福"，其他的男孩就跟着应和了起来，他们一边喊一边前前后后地去接近刘心福，他们往刘心福身上扔石头，然后又立马往后缩。我在旁边快要急哭了，我总觉得他们会揭开一个秘密，在那个秘密里，他们会发现我竟与乞丐说了一下午的话。

刘心福却始终未被激怒，这让我矛盾。一方面，我希望他不要透露一点儿信息；另一方面，我又实在对他的木讷感到窝囊。我希望他反击——至少表现出愤怒。

我终于忍不住了："他是个哑巴！"我大喊一声就哭着跑回家了。

这场闹剧以我的哭离收尾。他们肯定是被我的反应弄晕了。

我的反应不仅让朋友们迷惑，还让大人们提起了一些似是而非的兴趣。他们是这样认为的：我太善良了，见不得乞丐被人欺负。我当然有这个意思，但又不全是这个意思。

我同情一个又哑又穷的乞丐，这件事好像让大人们受到了某种感应，他们消散在柴米油盐间的同情心被我的行为聚集了起来。晚饭时，他们第一次正式地谈起了刘心福。

"哎呀，刘心福并不是哑巴，他只是不会说话罢了。"二楼的一个叔叔以"哑巴"这个话题切入了龙门阵。

"不会说话,不就是哑巴吗?"我被他的话吸引住了,因为是我首先揭露刘心福是哑巴这件事的。

叔叔顿了顿:"话是没错,但是啊,我们平常说的哑巴,是生理上的。刘心福不是哑巴,他嗓子没问题,脑子也没问题。"

他的解释让我们一头雾水,整个楼的小孩都叽叽喳喳望着他问:"什么是生理?"

他被问得有点儿蒙,其他大人则从一、二、三楼不同的地方报之以笑。

"听我说。"叔叔理了理思绪,"哑巴,是一种病。刘心福没得这种病,他只是……只是太久没说话了,所以就说不来话了。懂了吧!"他脑袋一转,继续说了个更惊天的秘密,"你们不好好上语文课,不好好说话,也会像刘心福那样突然就说不了话了。"

我们深深地记住了这个道理,其他大人转而夸起了叔叔,笑说他给我们上了生动的一课。那几天,我们都在语文课上积极举手发言,我们不想因为久不说话而不会说话。只是,叔叔说的那个"久"是多久呢?到底要多久不说话才会丧失说话的能力呢?刘心福有多久没和人说过话了呢?

这样,我就再次想到,我和刘心福说过一个下午的话。我当时认定他是个哑巴,所以说话就肆无忌惮、天马行空。现在我知道他并不是哑巴,他没有得这种病,那他会不会哪天突然撞开小绿铁门,他会不会冲进筒子楼告诉岚我说了她和她妈妈的坏话,告诉我妈我每天早上都把鸡蛋黄从二楼后窗扔到一楼的水沟里,告诉楼里的人我做的那些上天入地变化莫测的梦。

刘心福再一次变得危险。

我觉得我需要为我的秘密付出一些实际行动，我要去化解一个潜在的危机。我得去找刘心福谈谈。

之后的几天，我心心念念能在垃圾房边再次见到刘心福，可他好像故意与我作对并威胁我。他就是不出现。

连其他的朋友都察觉到了刘心福的消失，不知谁吃饭的时候在廊台上大声地说了一句："刘心福不见了！"他像在说一个秘密，整个楼的人也都在自家门前的廊台上听到了这个秘密。

我们为之振奋，预感到一场别开生面的谈话就要来临。

"是啊，是很久都没见到刘心福了。"

"今天不是日子吧。他来我们这儿的日子，好像是一三五。"

"不对，我记得是一二五七。他来这的次数挺多的。"

大人们好像有特异功能，他们明明不关心刘心福的，却能总结出他来这儿的时间规律。

"也没什么人给他东西，怎么老往这儿跑？"

"他除了到处走，还有什么可做的？没有家，只有到处走才沾得上点儿人气。他是看我们楼热闹和谐。"大家都说是是是，瞬间倒真有点儿和谐的意思了。不管怎么说，跟乞丐比起来，我们都太幸福了。

"就算这样到处走，刘心福也都已经是半个鬼了……可怜哪。"

这些话从一楼二楼三楼不同人的嘴里传至整个空间，我们一会儿埋头一会儿抬头，左左右右探寻着是哪家人说的哪句话。

刘心福真可怜。他的可怜被一群热闹的人讲述出来，就更显得悲凉了。大家越说越起劲，那个又穷又哑又孤单的非人非鬼非疯子的人物，激发了我们这些也穷也孤单的闲人的想象力和创造力。大人们有了编故事的劲头，他们或自言自语，或互相接茬，或意味深长，或取笑逗趣。他们在现实中消磨殆尽的激情和生机在这时找到了一个理想的出口。刘心福成了一个傀儡，他在不知情的情况下被人编造了。

有人说刘心福是个孝子，为帮老父治病才出来乞讨。可人世艰辛，乞讨哪是容易的。在摸爬滚打中，刘心福入了魔，忘了老父亲，忘了自己的身份，最后便一直飘零在外了。这个故事的开头规规矩矩有传统儒学的观念，之后的发展又有了点禅的味道。小学的时候外婆硬让我陪她看济公和尚的老电视剧，那时我才知道，济公这个似乞似仙的落魄人原本是个风度翩翩的大家公子。刘心福会不会本来也很好看呢？

另外还有个大人们津津乐道的版本，大致是说刘心福死心塌地地爱着一个女人，最后却被这个女人狠狠地骗了。他发了疯，自此不理人事，到处瞎晃。好像世界各地的无名乡野都会有那么一两段为人乐道、充满悲剧意味的男女情事。这恐怕缘于人们对爱情之美最普遍的认同和遐想——不欢而散，无头无尾。这种故事里最后疯掉的那个人物总是受到人们的同情和青睐，大家把对爱情的忠贞灌注在一个于己无关的悲剧人物上，以此寄托自己内心深处某些讳莫如深的情绪，而这些情绪在自己的现实生活中早已荡然无存。

人们都是这样又冷漠又浪漫地活过来的。

还有一个版本是这样说的，刘心福被人忌恨，遭人诬陷，最后众叛亲离，落得流离失所。

这个版本很简短，无情节，因而更让我觉得有几分可信了。

它演绎的是一个活生生的孤立事件。孤立事件让我想到我被朋友们抛弃，继而我又想到我在被抛弃后与刘心福说话的场景。我当时有一瞬间的感觉是没错的——我俩都被抛弃了。两个被孤立的人相遇，有一种宿命的意思。

刘心福到底去哪儿了？他会把我的秘密公之于众吗？

我要找到他，我要警告他。

可他迟迟不出现。冬天却显而易见了。

冬天的深入意味年关将至，人们在这个时候创造出各种欢庆喜悦的氛围。我在欢乐中渐渐忘记了刘心福，忘记了那个潜在的危险。

他总是在人们快要忘记他的时候出现。

那天有着难得的冬日暖阳，我跑出楼要去晒太阳。在铁门里，我看见了垃圾房旁的刘心福。我本来应该高兴的，因为我可以彻底解决一个问题了。我要严厉地警告他，不许他说出我的秘密。

可是，当他更加肮脏更加丑陋地出现在我面前时，我的同情心莫名其妙地出现了。他才是真正被孤立被抛弃的人啊。

前几日狂躁的冷风把他的脸吹刷得更粗糙，在那些被风拉出来的伤口里，血和尘土混杂在一起，那种坚涩的混合体让我觉得脸上生疼生疼的，我摸了摸自己的脸，我脸上有我妈给我抹匀的宝宝霜。

刘心福的脸如一块黑炭，那块黑炭蕴着火，不均匀地泛着灼热的红。他生病了。

我不敢说一句话，只听得到他呼哧呼哧的喘气声。他夹杂着喉音、鼻音的粗暴沉闷的喘气声像一头老牛发出的怨恨，这让我害怕。

我在这样一个日子里又独自一人遭遇了刘心福，这也是宿命。但这次的主题不是同病相怜，而是审判。

我代表世人接受了刘心福近乎无声的审判。

最终我什么都没说，逃掉了。

之后，刘心福再没出现过，是真的，再也没，出现过。

第二年春天，不知是谁突然提起他，大家便像回想一个传说一样，猜测他到了更远的一片天地。

所以我始终没能给刘心福以警告，我也不知道他有没有把我的秘密透露给远方的人。我们也渐渐不以齐喊"刘心福"为乐了，他不出现，这种仪式性的呐喊嘲弄便失去了意义。

小学二年级，我被我妈送到了县里读书，至此，我离开了这幢筒子楼，离开了我的父母，离开了我的朋友。

这就是凭空出现在我脑子里的场景背后的全部故事。我说过，这个故事在当时就已然作废了。

它凭空消失。

十几年过去了，它又凭空出现。

我为什么会突然想起它？难道是因为我太无聊了吗？那我完全可以想到或者说创造出比这更加落魄的故事来陪衬我的无聊、孤独。为什么偏偏是它呢？

这是个征兆，也是个线索，我得凭借它去整理、推断出一段真实可靠的事实，这个事实或许会让我找到一些有用的东西来解释我现在的处境。

如果你还无法解决一些问题，那你至少得试着解释它。

所以，我在大学课堂上拿起手机发了条短信给我妈，我像一个疯子一样直截了当地问我妈：你还记得刘心福吗？

我期待着一个答复，这个回答最好展现出我妈这样的一个心理过程：恍如隔世、如梦初醒、情意绵绵。比如：是的，是啊，那个乞丐，那个曾出现在楼下垃圾房边的乞丐啊……

中午的时候我妈才回我短信：啥？

这个"啥"，不仅是对"刘心福"这个名词的疑惑，也是对我发这条短信的疑惑。

可我必须找到点什么。

"那个乞丐！就是常常在垃圾堆边站着的那个乞丐！说不了话的那个乞丐！他还把我吓哭过啊。"我尽量用事实来唤起我妈的记忆。

我妈直接回我电话："你问他干吗？天冷了，你加衣服了吗……"这个回应让我想到那时候我给我妈讲述刘心福后，她总问我晚上想吃什么。

"我有个报告作业，要写到这么个人物形象。"我用学业来唬我妈。

"那你等着，我帮你问问。"

那幢筒子楼还在，但里面的人都搬走了。那所乡村初中办不下去了，老师们都有了新的教学单位。我爸妈依旧在一起，他们进入了镇小学。

前段时间因为老会计的儿子结婚，我们三个便一起回到了"世界尽头"。中学和小学之间那堵象征性的矮墙被拆了，我们没有沿常路走上去，只是在街前的小学操场上抬头望了望这幢楼。我从没发现它竟如此小，它背抵山，面朝世，孤孤零零地站在那儿。它简直就像一个计算错误、比例失调的模型，它黄白黄白的颜色让我想到劣质廉价的蛋糕。我很心疼，它曾经热闹非凡，它曾经满是尊严，它曾经容纳了整楼人的全部生活。

我妈说，她打电话问了三个留在街上的老师（他们没有去新的学校，而是辞了那份曾经光荣的工作，在街上修了楼，干起了小营生）。其中两个说不出个所以然，最后一个说出了我们未曾听过的刘心福的历史。

刘心福在"文革"的时候当过兵，退役后常受人挤对，被人陷害。他不堪其辱，因而装疯卖傻。讲述的人专门添了一句：其实，他什么都知道，整个镇的事他比谁都清楚。

我妈最后的转述是："他早就死了。冬天的时候死在河边桥洞下。"我妈还说，算起来那个时候我还没去县里跟外公外婆生活。

这个死讯是我完全没有想到的。我不过是想着能让某些事情连贯起来，想让我凭空的记忆有更多明确的因果。我哪想到刘心福已经死了！我更相信他依旧不人不鬼地游走在乡野间。可我妈居然告诉我，他在我的这些记忆还不能称之为记忆的时候就已经死了！冬天？我还在那儿？那么，是那个冬天了！那时他的脸像一块揣着火的黑炭，他发着烧，无助地看着我跑掉。他迷迷糊糊地晃到河边，他很难受，喘不过气、说不了话，他又冷又热，蜷缩在桥洞里，风从两边肆意穿过。

他在"文革"中当过兵？那他可能曾是个聪明的学生，后来便被选去当兵。他一定体格健硕，意志坚定。他对人生充满希望，回乡后却受人排挤。他为什么受人排挤？一定是因为他与众不同，是非分明，单纯刚毅。后来流言终究让他脆弱下去，他不堪其苦又无法释怀，只得装疯卖傻以乞讨为生。他在中年落魄的时候遇到一个教师子女，那女孩儿遭到朋友抛弃之后在初秋和他说了一下午的话，那些话充满生机，甚至给他带去过希望。然而小女孩毕竟是小女孩，小女孩最终没和落魄的他成为朋友，还在深冬抛弃了他，让他无声无息地死在了桥洞里。

他或许是来向我求助的，在那个深冬。

我问我妈："还有什么吗？"

"没了，就这些了。"

没了，就这些了。故事和现实都止于此。人已经死了，说什么都不中用了。

过去的就过去了，我现在妄图赋予它意义实在是卑鄙。

我现在只能满怀深情地想念那栋筒子楼，想念那个阳光很好的冬天。

然而刘心福就在那时死掉了。

孤岛上的妻子

首先是一个骇人的故事，任谁都会沉浸在其非人的恐怖之中。

　　也不是故事，因为是真事，具体的人名、发生的时间和地点，这些我都没去专门听专门记，因为没有必要也没有益处。事情是朋友跟我讲的，我记得最清楚的是，随着她的讲述，我一边陷入幽深的恐惧，一边回忆起一些相关的事情，回忆中的事情跟她的讲述有关，颜色时时在变。

　　事情很简单，越恐怖的事往往越简单，只一句话就说清楚了，包含的却是无尽的恐怖，牵扯出众多古老时间里的概念和讯息。

　　朋友是怎么讲到这个事情上的，我忘了，我只记得事情本身，事情本身就是她告诉我，某个国家有一个人，在另外一个国家吃了他爱的人，由于法律差异以及其他一些阴差阳错的原因，这人没有受到制裁，其后，这人还回到自己的国家出了一本书，书的主要内容就是他吃人的各种事。

　　事情的大致轮廓就是这样，朋友讲述的时候因为有所渲染，所以还包含了一些我没记下来的细节……无论如何，以上这些已经足以造成巨大的虚空了。

　　我就不再回忆和描述我当时的心情了，冗长的叙述是不必要的。

　　我和朋友窝在沙发的两头，虽然相隔并不远，但是人与人之间需要这样的距离和空间。最开始，我不可避免地沉浸在她的讲述里，随着时间的流逝，逐渐恢复了往常的逻辑和理智，回忆起我知道的一些事情。与此同时，朋友并没有停下讲述，我也没有插话把我记起的东西告诉她，在这种交织的事情发展里，我怀疑我脑袋里记起的东西有可能是编造的，更进一步的是，我开始怀疑历史和时间。我的脑袋突然一下开了道口子，宇宙般的银光在其间仿佛豁的一下亮了起来，但并不那么坦白绚烂，而是包含着星星点点的黑色物质。

周期巨大的恐惧。

我记起的是一座孤岛上的一对夫妻，以及从他们手里流出来的一本羊皮卷。

这听起来是有点不对，羊皮卷把时间和地域拉得很陌生，这我知道，但是听我讲下去，我不可能乱讲一通，也不可能讲一个完全无关的东西。

那是海洋历史文明里的一个盲点，所以不知道事情发生的时间和地点，只看得见一片孤岛，面积极其有限，且被冰和白色覆盖。

据说主人公沉默寡言，但凶恶善战，这片岛正是他跟巨兽战斗后将其驱逐而得的战利品。岛上除了他和妻子，再没有别人。或者还有他们的小婴儿，这个细节不太明确，有说法是夭折了，不具体，人们说在那样的极寒之地，由阴晴不定的父亲和忧愁脆弱的母亲生育出来的孩子，无论如何也是没法长大的，所以孩子的事就没有多少具体的考证。

可能所有事情、所有细节，都在那份羊皮卷里，人们正是从其中得知，这位主人公在岛上吃掉了自己的妻子。因为事情发生的时间久远，文明还没有概念，所以羊皮卷里的内容一方面令不少人惊骇，一方面又被他们恍恍惚惚地接受，就好像这是某种古老仪式、原始作为。

人们接受羊皮卷的内容还有一个原因，其内容不单单是主人公吃人的记录，还包括了众多孤岛上的生活细节，它们井井有条地展现了岛上的生活秩序和注意事项，俨然一本温和贴心的孤岛生存指南。主人公用平静又温暖人心的语气和智慧，记录了他如何克服严寒、战胜巨兽；如何跟妻子在岛上观察水的流向和星空的变化，由此选出搭建小木屋最正确的位置；如何利用叉子、铁桶、动物皮毛，过着隐忍又不乏温馨的狩猎生活。

虽然我讲述得挺清楚，挺有逻辑，但回忆起这些的时候，是混乱模糊的。当时我坐在沙发的一头，另一头是跟我讲述吃人故事的朋友，我的记忆被唤起，但并没有跟她分享，一是因为这些记忆尚不明确，是流动的、模糊的，正在一点一点缓慢成型；二是因为这些记忆未免巧合，像是我附和朋友的临时编造，众多不可思议的细节都太雷同，一时之间很难讲出它的确切性。我想，不论是我的那位朋友还是你们，都不会相信我所讲的记忆，因为就连我自己都感受到一种奇怪的冲击。

我想请读者相信我的讲述，不要因为我的讲述是以文字呈现的就怀疑它的真实性。巧合？当然，这个世界上巧合太多了，以至于大家听到一点跟巧合相关的蛛丝马迹都不再相信讲述的真实性。如果你们相信我的讲述，那我就能更自信也更准确地讲述所有的真实情况，一旦你们对我的讲述产生怀疑，我就不免摇摆，当我因摇摆而产生了解释的念头，话就会走入无尽的偏差。

我不知道有没有读者猜出来，孤岛夫妻和羊皮卷的事是我的梦境。希望读到这里不会有人唏嘘，说我只是在装神弄鬼骗取听众。我绝对没有凭空编造这个梦境，我确实是在朋友的讲述之中云里雾里回想起这个梦的，这个梦我实实在在做过，只是梦境必然会有所流失。

有的梦很虚，做过也几乎无痕迹，但这个梦不同，真实感很强，或者说，情节相对连贯，比较具体，所以给我留下了印象。我记得当时是个周末，梦是突然醒的，这很遗憾，也很宿命；梦的最后，那卷羊皮卷就快传到我手里了，这样一来我就能知道更多详细具体的事情。一旦拿到那卷羊皮卷，很多谜底都能随之解开，它的存在就如"天书"一样，能解释和解决一切问题，可偏偏在那卷书就要到我手里的时候，我醒了。

我是被楼里装修的声音吵醒的，巨大的敲打声把我从梦里拉了出来。我首先是惊吓，反应过来，接着是遗憾，最后被包裹着雾气的恐惧攫住——在梦里，主人公吃人的事并没有制造出多大的恐惧，顶多是非凡，梦的气氛让这件事显得很平静，像是另一个地球上传过来的事情。只有当我醒来反应了一阵后，才体会到这个梦境本身的反常和可怕。当时外面的天非常亮，白色的房间和白色的床铺让我有种置身错误时空的感觉。梦里那份羊皮卷离我太近了，就好像我本来就是跟那个孤岛相关的人，而不是醒来之后恍恍惚惚处于二十一世纪某个上午的人。

许多人都知道岛上的主人吃了他的妻子，具体的方式和过程不得而知，大家只是说那不是在集中的时间里一次性完成的，据说有个漫长的过程，类似一种课题。人们所能讲述的内容有限，所以仅存的讲述都并不怎么血腥，仿佛只有个结果。有人说主人公的妻子甚至知道这一切并且配合了丈夫。

朋友是个很能说的人，也很聪明，她的讲述没有什么保留。当时是傍晚，我对她的讲述很被动，没有做过多回应。如果我把我做过的这个梦诉她，结果无非两种，要么我们就此展开更多的对话，把恐怖诡异的氛围继续推进，要么就是她不相信我的讲述，认为我在强行编造。这两种情况我都觉得不怎么样，所以我没有向她说出我记起的这些事情。

我不知道现在读者的脑袋是不是跟我当时一样有点混乱。事情本身不多，但是迷糊复杂。这不是一般意义上现实跟梦境的交错发生，也不是简单的巧合，除了吃人事件本身的恐怖，这种奇怪的历史和梦境的巧合才是恐怖的更深一层。

朋友讲述着某国男人吃掉所爱女性的故事，一开始听起来是非常害怕的，她说那人甚至拍了相关的照片放在他的书里，他出的书正是讲述他如何吃人的，据说这是他的一个癖好。"你永远想象不到人会有些什么癖好。"朋友说。那位食人者把这当作一种非凡的艺术行为，称其背后有说得出理由的人类心理支撑。就是在这些信息的氛围里，我慢慢记起我做过的那个梦。恐惧由此变得更深。

朋友所讲的事在我心里是深红色的，渐渐被我回忆起的那个梦是白色的，红白不同道。但是只要再稍微一想，事情就不太对，红色和白色的两件事其实是相关的，不过一个发生在历史现实，一个发生在新的远古梦境。

我做这个梦的时候，还不认识那位朋友，也就是说，我做这个白色的吃人梦时还完全不可能遇到那个红色的故事。我说过，那个白色的梦在当时并不太让人害怕，尤其在梦境里。因为时代久远空间隔阂的关系，故事本身甚至呈现出一种神话传说性质的动人与温馨。我的立场在梦里好像也在时时变化：我当过千百年之后听故事的人，当过当时附近海岛或陆地的别族居民，当过转述者，当过有公信力的巫师……我怀疑我在梦中甚至有几个瞬间成了主人公的那位可怜的妻子，我记不太清了，我记得清楚的是，最后羊皮卷就要传到我手里，然后梦就醒了。